野林之路
（冬之书）

【美】温思罗普·帕卡德　著　董继平　译

青海人民出版社

图书在版编目（CIP）数据

野林之路 / (美) 温思罗普·帕卡德著；董继平译
. -- 西宁：青海人民出版社，2019.8
（自然物语丛书 . 第三辑）
ISBN 978-7-225-05800-9

Ⅰ. ①野… Ⅱ. ①温… ②董… Ⅲ. ①随笔—作品集
—美国—现代 Ⅳ. ① I712.65

中国版本图书馆 CIP 数据核字 (2020) 第 135914 号

自然物语丛书 (第三辑)
野林之路
(美) 温思罗普·帕卡德　著
董继平　译

出 版 人　樊原成
出版发行　青海人民出版社有限责任公司
西宁市五四西路 71 号　邮政编码：810023 电话：（0971）6143426（总编室）
发行热线　（0971）6143516/6137730
网　　址　http://www.qhrmcbs.com
印　　刷　陕西龙山海天艺术印务有限公司
经　　销　新华书店
开　　本　850mm × 1168mm　1/32
印　　张　7
字　　数　140 千
版　　次　2020 年 10 月第 1 版　2020 年 10 月第 1 次印刷
书　　号　ISBN 978-7-225-05800-9
定　　价　30.00 元

温思罗普·帕卡德

总　序

董继平

自然文学，也称“生态文学”“环保文学”。自古以来，自然就作为人类的书写对象而频频出现在各类文本中：起伏的群山、连绵的森林、奔流的江河、辽阔的草原、静谧的湖泊、变换的季节、习性各异的动物和千姿百态的植物……由此，自然成为世界文学史上一大永恒的主题，千百年来，由自然产生的杰作不在少数，那些名篇佳什或天马行空，或流光溢彩，或细致入微，影响甚大且余音不绝，这一传统延续至今。

在中国，至少有两部世界级的自然文学名著深深地影响过国人：一部是法国博物学家、文学家法布尔（Jean-Henri Casimir Fabre,1823—1915）所著《昆虫记》，在其中，作者以锐利的眼光、细腻的笔触娓娓讲述了昆虫之美，把普通人所鲜知的昆虫世界活脱脱地展现在读者眼前；另一部是美国诗人、超验主义作家梭罗（Henry David Thoreau,1817—1862）所著《瓦尔登湖》，在其中，作者用心灵之语向世人述说他在湖畔的生活，以及一个思想者、一个孤独的隐士融入自然的精神状态。其实，优秀的外国自然文学作品远不止这两部，只不过由于我们长期的忽视，未及发现和挖掘而已。

近代自然文学的产生、发展和繁荣自有其根源，绝非偶然。从工业时代开始，人类为摆脱低下、落后的生产方式而不断追求现代化，随着这一进程不断加速，自然生态也深受其影响，不断恶化，在面对日趋严重的生态破坏的时候，人们就更加渴望回归自然的怀抱，以科学、理性的态度去善待大自然。在这种情况下，近代自然文学应运而生。

美国自然文学的缘起

在世界自然文学的发展过程中，没有哪个国家像美国，自然文学那样发达、那样繁荣，其自然文学的成就之大、场面之壮观，在全球范围内可谓一枝独秀，在区区 200 年的时间里人才辈出，佳作纷呈，形成了群星璀璨、层出不穷的局面，让人目不暇接。美国自然文学的问世与发展，自有其渊源。当年，与欧洲那片老大陆相比，美洲这个新大陆尚属蛮荒之地，但在1789年美国建国以后的那几十年里，工业飞速发展，经济建设一路突飞猛进，经济实力渐渐迎头赶上欧洲老牌工业国。

然而，正是在那几十年的飞速发展中，美国为现代化进程付出了牺牲自然环境的沉重代价，其自然资源遭到了掠夺性开发，生态环境遭到极大破坏。比如，那条1869年竣工通车的横跨美国大陆的铁路，一方面带活了沿线的经济，为美国的进步和发展做出了巨大贡献；另一方面却让曾经在大陆上到处漫游的野牛加速消失。这条铁路建成通车之后，大批猎人便蜂拥来到原来野兽出没的蛮荒之地，致使美洲野牛种群急剧减少。这样的情况，美国第二十六任总统西奥多·罗斯福在他的《美洲野牛的故事》一文中有过详细的描述：

“……铁路对于猎人不可或缺，为他们提供了前所未有的廉价交通工具；同时，市场对野牛皮长袍的需求也有增无减，原本数量巨大的野牛又相对容易猎杀，于是就吸引了一群群冒险者赶来狩猎，掀起了一场世所罕见的野牛大猎杀，结果在极短的时间内，这种原本众多的大型动物被消灭了，这是前所未有的——好几百万头野牛遭到了杀戮……在那场大规模杀戮开始后的15年内，巨大的野牛群体几乎消失殆尽。如今在美国大陆上，据说很可能只剩下500群野牛，而且自从1884年以来，已经没有一群野牛的数量超过100头了。”

面对自然环境的日趋恶化，一批有识之士便开始为保护自然而积极奔走、大声疾呼，而美国人民也逐渐认识到日益逼近自己生活的诸多生态问题，大约在19世纪50年代至20世纪20年代这70年间，美国社会兴起了一场声势浩大的自然环保运动，其影响之大、覆盖面之广、持续时间之长，均令世界瞩目。在这场运动中，一些相关人士著书立说，大力宣传自然生态环保观念，在客观上促成了自然文学的蓬勃发展。此间不仅大家辈出，而且逐渐形成了美国文坛上的“自然文学”这一特殊文体，并蓬勃发展。到了20世纪下半叶，环境保护运动在美国达到了鼎盛，同时也在全世界范围内不断扩展，随着这一运动的不断深化，自然文学愈加受到人们关注，并形成了一个庞大的作者群体，这些作家均以自然为写作主题和对象，着重以科学的方式来揭示和探讨人与自然的关系，号召人们走进荒野，倡导人们与自然建立亲密联系，保护大自然的完整和野性，呼吁人们以更平等、更和谐的方式来处理人类与自然之间的关系。

美国自然文学的三位先驱

尽管有些文学史家把约翰·史密斯（John Smith，1580—1631）所著的《新英格兰记》和威廉·布雷德福（William Bradford，1590—1657）的《普利茅斯开发史》认为是美国自然文学的雏形，但真正意义上的第一位先驱当属博物学家威廉·巴特拉姆（William Bartram,1739—1823）。巴特拉姆也算出生于自然文学世家，他的父亲是“美国植物学之父”——约翰·巴特拉姆，因此威廉·巴特拉姆从小便受家学的熏陶，一边在父亲的植物园中徜徉，一边倾听鸟语、享受花香。从严格意义上讲，威廉·巴特拉姆算得上美国自然文学的第一位大家，在其代表作《旅行笔记》中，他以细致而生动的笔触描述了尚处于原始状态的美国东南部的自然风景，用亲身感受讲述了那里的自然荒野之美。这部著作于1791年一问世，便在欧洲引发了强烈的反响，颇得好评，即便柯勒律治那样的英国浪漫主义大诗人也对其大加赞赏。更重要的是，他在《旅行笔记》中告诉我们，地球上的一切生物都绝非呆若木鸡，相反，它们都很聪明："如果你留心一下任何动物就会发现，它们的效率高得让人震惊。它们行动前会精心策划，而且富有恒心、毅力和计谋。"这样的观点，无非是想让我们尊重自然和自然中的生命。

当然，美国自然文学的先驱不止巴特拉姆，除他之外，还有热爱鸟类、毕生沉浸于荒野的亚历山大·威尔逊（Alexander Wilson，1766—1813）和约翰·詹姆斯·奥杜邦（John James Audubon,1785—1851）。威尔逊是自然主义者，原籍苏格兰，热爱描写和绘画鸟类，被后来的博物学家尊为"美国鸟类学之父"。他所著9卷描述鸟类的著作《美国鸟类学》内有彩页，比另一位先驱奥杜邦的著作要早将近20年。如今在北美大陆上，有多种鸟类就是以他的名字来命名的，比如威尔逊鸫和威尔逊鹬。约翰·詹姆斯·奥杜邦是美国著名画家、博物学家，原籍法国，他深入荒野研究鸟类，其绘制的鸟类图鉴被尊为"美国国宝"。他一生留下了无数画作，他的每部作品不仅是科学研究的重要资料，也是不可多得的艺术杰作。他出版了《美洲鸟类》和《美洲的四足动物》两本画谱，其中《美洲鸟类》被誉为“19 世纪最伟大和最具影响力的著作”。这两位先驱的作品对后世野生动物绘画产生了深远的影响，同时也对普通公众产生了巨大的吸引力，至今仍被频频引用。

超验主义和自然文学团体的形成

真正形成团体并在一定哲学观念的影响下投身于自然的作家，则是美国文学史上那批著名的超验主义者。

超验主义（transcendentalism）兴起于 19 世纪 30 年代的美国新英格兰地区，又被称为“美国文艺复兴”，深刻地影响了后来的美国文学和哲学的发展。超验主义的核心观点：主张人能超越感觉和理性而直接认识真理，强调直觉的重要性，认为人类世界的一切都是宇宙的一个缩影——“世界将自身缩小成为一滴露水”（爱默生语）。

超验主义的领袖拉尔夫·沃尔多·爱默生（Ralph Waldo Emerson,1803—1882）在他那篇著名的《论自然》中提出了他对自然的观点，他不仅认为“自然是精神之象征”，还认为“我们从自然中学到的知识，远远超出我们能够任意交流的部分”，对后世影响甚大。不仅如此，他还认为，宇宙是大自然与人的灵魂的结合，人通过灵魂与自然和谐一致。只有接近自然、感受自然，人的灵魂才能真正体会到存在的价值。

而超验主义的另一位主将亨利·大卫·梭罗（Henry David Thoreau，1817—1862）则更是身体力行，他在爱默生的影响下深入自然，只身来到寂静的瓦尔登湖，搭建起小木屋，把自己的灵魂寄托在湖泊和山林之中。那时，他或在荒野中散步，或在树林中观察，或在湖畔沉思，悠然地体验和描写自然之美，把人与自然的关系都隐没在那些朴素的文字中。根据《美国遗产》杂志 1985 年的一项调查报告显示,在“十本构成美国人性格的书”中,梭罗的《瓦尔登湖》位居榜首，可见其影响之大。除了《瓦尔登湖》，梭罗还写下了许多涉及自然的散文和日记，他用淡淡的笔调娓娓倾诉自己的自然情怀，文字尽显自然之美，同时充满诗意和哲理。比如他的长篇散文《秋色》《散步》等篇什便是这方面的杰作。

爱默生和梭罗自不待言，在超验主义阵营中，还有一位中国读者几乎都不知道的女作家——玛格丽特·富勒（Sarah Margaret Fuller,1810—1850）。作为这个阵营中的女将，她在 1843 年的夏天摆脱了尘世的喧嚣，把自己的灵魂浸入北美五大湖区那湛蓝的水中，以优美的笔调写下了自然散文集——《湖上夏日》。

同一时期还出现了一位中国读者耳熟能详的美国自然文学作家，那就是大诗人沃尔特·惠特曼（Walt Whitman,1819—1892）。惠特曼也深受爱默生的影响（有评论家认为他也是超验主义者），他写下了不少涉及自然的诗篇和随笔。他在诗集《草叶集》中，极力赞颂自然的神奇、壮丽和伟大。他认为，大自然具有灵性，大自然的一切，包括山川、星辰和草木等都有“目的性”，它们无时不在做着“向上运动”，而且大自然中的一切都是平等的。惠特曼的散文集《典型的日子》更是体现了自然之灵，尽管这部作品以日记形式写成，但字里行间散发出泥土和青草的芳香，让作者那种静静地观察、倾听、体验自然的形象跃然纸上。

两个名叫约翰的自然文学大师

19 世纪的最后 20 年里，美国自然文学界出现了两位大师——“两个约翰”：“鸟之王国中的约翰”——约翰·巴勒斯（John Burroughs,1837—1921）和“山之王国中的约翰”——约翰·缪尔（John Muir,1838—1914）。“两个约翰”是美国早期环保运动的领袖，他们分别奔走于美国东部和西部，为建立和谐的自然秩序而不懈努力。

巴勒斯是博物学家、鸟类学家，生活在东部的卡茨基尔山区，擅长描述鸟类生活，各种鸟儿在他的文字中栩栩如生，被誉为“美国乡村的圣人”和“美国自然文学之父”。他以自己长期生活的哈得孙河谷和卡茨基尔山区为中心，把自己探索自然的经历和体验写成了文字，先后出版了《醒来的森林》等 25 部作品集，均为传世之作。其自然文学作品影响巨大，就连曾任美国总统的西奥多·罗斯福都尊敬地宣称自己是“读着巴勒斯的书长大的”。

缪尔则是地质学家，也是一个永远在路上的行走者，这位“美国国家公园之父”以考察、研究和描写美国西部山区的风物见长，山峦与森林在他的笔下熠熠生辉。经过他的奔走呼吁，美国西部一些原本计划开发的美丽山林得以保存下来，比如约塞米蒂山谷，就是在他的大力呼吁之下，才没有遭到过度开发的破坏，后来还被辟为国家公园。

“两个约翰”著述众多，成就巨大，对美国乃至世界的生态环保思想产生了深远的影响，成为美国文化的重要遗产。

世纪之交的作家和作品

从 19 世纪末到 20 世纪初，美国自然文学达到了一个前所未有的巅峰：除了“两个约翰”，还涌现出了一大批杰出的自然文学家。尽管其职业各不相同，但他们都有一个共同的爱好，那就是热爱大自然。

女作家玛丽·奥斯汀（Mary Austin,1868—1934）则独辟蹊径，她避开自然文学中通常描写的山水，而是深入美国西南部沙漠，研究印第安人的生活方式，以女性细腻的笔触向人们展示了荒漠之美与灵性。其代表作为《少雨的土地》。

19 世纪至 20 世纪之交是美国自然文学的一个高峰，许多作家和博物学家纷纷投身于自然文学创作，就连西奥多·罗斯福（Theodore Roosevelt,1858—1919）——老罗斯福总统那样的政治家也客串了一把作家，推出了好几部具有影响力的著作。罗斯福是第一位对环境保护有着长远考量的美国总统，他在执政的 7 年间，采取了一些有利于国家经济建设和资源保护的措施。首先，他将 7800 公顷土地转为国有，从而为后人保存了大量的森林、公园、矿藏和水力等自然资源。其次，在 1904 年 3 月 14 日，他在佛罗里达州设立了第一个国家鸟类保护区，成为野生动物保护系统的雏形。再次，1905 年，他敦促美国国会批准成立美国林业服务局，管理国有森林和土地。最后，在他当政期间

（1901—1908），美国设立的国家公园和自然保护区的面积共约78.5万平方公里，超过了所有前任总统设立之总和，其中著名的有大峡谷国家公园等。

埃诺斯·米尔斯（Enos Abijah Mills,1870—1922）——“落基山国家公园之父”，他在落基山中生活了20余年，充当自然导游，长期跟野生动物打交道，写下了10多部自然文学著作。他还前往美国各州发表演讲、举办讲座，号召人们保护自然生态和野生动物，不遗余力地促进美国政府建立落基山国家公园。正是在他的力促之下，落基山国家公园才在1915年得以开张迎客。米尔斯在书中娓娓道来，讲述自己与野生动物亲密接触的经历，读来让人倍感亲切。同时，他的作品融合了科普信息、田野观察和个人逸事，为读者提供了一种与众不同、别开生面的自然指南。

小塞缪尔·斯科维尔（Samuel Scoville Jr.，1872—1950），美国博物学家、自然文学家，自幼热爱自然。尽管他的本职是律师，但他在博物学领域取得了不小的成就。他以青少年为主要读者，写下了多部自然文学著作。

20世纪中期的作家和作品

20世纪上半叶，美国的自然文学似乎有些沉沦，这是因为两次世界大战的战火让人们的关注点转向了社会问题，无暇顾及自然生态，因而此间自然文学大作相对不多。然而到了“二战”之后的20世纪中期，美国又出现了两位极有影响的自然文学作家：奥尔多·利奥波德（Aldo Leopold,1887—1948）与蕾切尔·卡逊（Rachel Carson,1907—1964）。其实，奥尔多·利奥波德和蕾切尔·卡逊并不是专业作家，其职业也与文学创作无关，但由于当时的生态问题日益严重，他们的生态良心迫使其动笔写书，担当起向公众宣传环保的职责。时至今日，他们的著作在全球范围内依然具有极大的影响力。

奥尔多·利奥波德本来是林业学家、生态学家，长期致力于土地研究，也是美国享有国际声望的科学家和环境保护主义者，被称为“美国新保护活动的先知”“美国新环境理论的创始人”。他的代表作《沙乡年鉴》于 1949 年出版，这部著作文笔优美，富于诗意，完整地传达出作者的土地伦理观，引起各方的重视，成为美国自然文学史的一个里程碑。

蕾切尔·卡逊是海洋生物学家，她在 1935—1952 年供职于美国鱼类及野生生物调查所，这就使得她有机会接触到诸多环境问题，从而引发深层次的思考。她出版过若干著作，其中在 1962 年出版的《寂静的春天》引发了美国乃至全世界新一轮的环保运动。《寂静的春天》一书，以通俗的语言、生动的案例向公众揭示了盲目的经济发展给生态环境带来的恶果，对半个多世纪以来美国人的自然生态观念产生了巨大的影响。

20 世纪下半叶以来的作家和作品

从 20 世纪六七十年代至今，美国的环保运动已沉淀为一种观念，自然文学也随之不断深入、扩展，呈现出百花齐放的繁荣局面，其间景象纷纭，作家众多，作品不断且各具特色：爱德华·艾比（Edward Abbey,1927—1989）的《大漠孤行》（*Desert Solitaire*）、玛洛·摩根（Marlo Morgan,1937—）的《旷野的声音》（*Mutant Message Down Under*）、约翰·海恩斯（John Haines,1924—2011）的《星·雪·火》（*The Stars,the Snow,the Fire:Twenty—five Years in the Northern Wilderness*）、巴里·洛佩斯（Barry Lopez,1945—）的《北极梦》（*Arctic Dreams*）、杰克·贝克隆德（Jack Becklund）的《与熊共度的夏天》（*Summers with the Bears*）……

爱德华·艾比是美国著名的生态文学作家，对环境运动影响极大，极具争议性。他生活在美国西南部，著书立说，抨击人类肆意破坏自然生态的行为，尤其是“唯发展论”。《大漠孤行》是艾比在做国家公园管理员时的工作记录，其中包含了他对沙漠景色和个人生活的诗意描写，展现了沙漠的魅力。同时，他犀利而又饱含感情地指出开发对公园的破坏，使人重新审视人类与自然、发展与自然之间的关系。

约翰·海恩斯是著名诗人、“阿拉斯加桂冠诗人”，他在阿拉斯加建有牧场，“二战”退役后在那里隐居了40余年，著有诗文集多种，其中最出名的当属自然随笔《星·雪·火》。几十年间，他与星、雪、火为伴，与野生动物为伴，历经25年写成这部荒野手记，因此它既是雪地的“荒野生活指南”，也是北地生活指南。

巴里·洛佩斯是著名的自然文学家和小说家，作品多涉自然。自然文学作品主要有虚构（代表作有《荒野笔记》）和非虚构（代表作有

《北极梦》）两大类。《北极梦》以饱含感情、充满诗意的文字，讲述了作者游历北极的见闻与联想——人与动物的故事、北极的历史、深刻的人生哲理……作者试图告诉读者如何做人，如何与大自然亲密相处，如何明智地生活在大地上。

自然文学的特色

非虚构与虚构：叙事和抒情为自然文学的两大写作手法。在自然文学作品中，或以叙事为主，或以抒情为主，或两者并重，从而形成了自然文学中非虚构和虚构两大类。非虚构作品大多以散文随笔写成，其中有抒情，也有叙事，语言流畅、精彩，适合大众阅读。这类作品几乎都是作者的亲身经历，可读性和故事性极强，同时又融文学性和科普性、知识性和趣味性为一体，这也是它长盛不衰的原因之一。虚构性作品是指作者在尊重自然规律、纪实性描述的基础上，加入了一些虚构成分，创作出以动物为主题的自然故事，其情节引人入胜，文字叙述流畅，寓意发人深思。在其中，作者以客观的态度、生动的语言向读者不动声色地阐明人与自然的关系，教导人们要尊重自然、保护生态，颇有教育意义。美国著名作家杰克·伦敦的《荒野的呼唤》，就是这类虚构性自然文学的代表作。

作家构成：自然文学有一个引人注目的特点，那就是作者来自各个不同的领域，他们或许并非专业作家，而大多是博物学家、环保主义者、科学家，甚至还有政治家……比如，梭罗是诗人、散文家，巴勒斯是鸟类学家，缪尔是地质学家，罗斯福是政治家，米尔斯是自然向导，小斯科维尔是律师，利奥波德是林业学家，卡逊是海洋生物学家，艾比是国家公园管理员……

强烈的地域性：自然文学多半具有强烈的地域色彩，即作家长期深入某一地域，对当地的山川、谷地、森林、动植物等生态环境进行细致入微的考察和研究，最后有感而发，形成作品。其中，美国东部的新英格兰地区尤其是马萨诸塞州，堪称“自然文学的策源地”，先后涌现出大批作家和作品。每一位作家都会有自己特定的考察、写作地域或地点，比如梭罗的马萨诸塞州瓦尔登湖、科德角等，巴勒斯的纽约州卡茨基尔山区和哈德孙河谷，缪尔的加利福尼亚州约塞米蒂山谷，米尔斯的科罗拉多州落基山区，艾比的亚利桑那州荒漠，海因斯的阿拉斯加州荒野……他们写下的文字绝非道听途说的作品，均为可读性和故事性极强的散文，或者在尊重自然规律的基础上进行一定虚构的小说，融文学性和科普性、知识性和趣味性为一体，深得读者喜爱。

自然文学在中国

近十余年来，随着国人对自然的认识渐渐提高，自然环保概念在中国得到一定的深化，也出现了一些所谓的“自然文学”。但在我看来，目前这样的“自然文学”不过是一种噱头。

首先，国内很多地方的自然生态早已遭到了难以复原的破坏，即便要修复，至少也得几十上百年的时间，因此缺乏真正完整的生态链——虽然有森林，但林中已没有大型动物——人类毫不留情地占据了野生动物的生存空间，因此，真正意义上的“自然环境”仅存于少数极其偏远的地区，一般人难以抵达。

其次，作家创作缺乏自发性和自觉性，也缺乏生态良知。许多作家即便创作了一些关于自然的文本，也往往是应景之作，并非自发而为之，而且他们还缺乏对自然深层次的体验，因此，这样的作品虽涉及自然，却也仅仅是触及皮毛之作。这一点也恰好反映了目前国内普遍存在的一个认识误区，即很多人认为，凡是涉及自然的文学作品便是“自然文学”。

一般作家往往缺乏深入山林甚至独居山林的勇气和耐心，不会像梭罗那样把身心沉浸在静谧的湖水中，或在山林间漫步，长时间观察一棵树、一片叶子在秋天如何变黄或变红，或在田野上品尝野果，接受造物主对人类的馈赠；更不可能像美国“落基山公园之父”埃诺斯·米尔斯那样，在长达20年的岁月里，数百次往来于山林间，或在山间小木屋观察生活在屋檐下的那窝小蓝鸲，或在林间溪畔追踪转移巢穴的丛林狼，或在群山深处拯救遭遇不幸的幼熊……

在国外，自然文学远比中国要走得早，也走得远，自然及自然文学类作品为数众多，国内虽有一些介绍，但其深度和广度均不够，仅就美国自然文学而言，目前已经介绍到中国的作品也不过是极少一部分。这套《自然物语丛书》的宗旨就是填补这一空白，计划收入那些在中国未曾出版或以前出版过但译文不佳、颇具收藏价值的外国自然文学（以自然文学大国美国为重点）作品，突出作品的原创性、故事性、科普性和可读性。这样的作品既是文笔优美的文学作品，也是趣味性极强的科普读物，对于加深中国读者对自然的认识肯定会有莫大的帮助。目前，国民对自然方兴未艾，绿色环保和认识自然也作为常识而进入了大、中、小学课堂，不过多数国民对自然的认识还停留在初级阶段，或者不得要领，存在着很大的局限性和片面性，因此，阅读自然文学作品就成为帮助其重新认识自然最主要、最有效的方式之一。而《自然物语丛书》恰好能满足广大国民在这方面的需求，能帮助他们加深对动物、植物、季节及山川风物等自然细节的认识。出版《自然物语丛书》的主要目的，借用美国自然文学家巴勒斯的一句话，就是"我的书不是把读者引向我本人，而是把他们送往自然"。更重要的是，由于《自然物语丛书》行文流畅、内容有趣，融故事性和科普性于一体，因此适合男女老少各阶层读者赏读。

我相信，在经济飞速发展、生态问题不断恶化之后又得到逐渐重视和解决的中国，在当今"美丽中国"和"绿水青山就是金山银山"等鲜明的生态思想的指导下，优秀自然文学读物对于协调人与自然的关系具有非常积极的意义。

译 序

董继平

一直以来，美国东部的马萨诸塞州都是人文底蕴厚重之地。早在19世纪上半叶，这里就诞生过以爱默生、梭罗等人为首的“超验主义”作家群，这些作家相当重视人与自然的关系，强调直觉的重要性，认为人类世界都是宇宙的缩影——爱默生甚至说：“世界将自身缩小为一滴露水”，因此他们持续不断的文学探索活动被后人誉为“美国的文艺复兴”。可以说，以他们为起点，倡导人们深入自然、探索自然和体验自然的传统就延续了下来。到了 20 世纪初，马萨诸塞州更是成为了自然主义者和博物学家的大本营,以自然为抒写对象的作家众多，作品迭出，其行文风格也各显不同，或叙事或抒情，或粗犷或细腻，或天马行空，或娓娓道来……而在其中，温思罗普·帕卡德就是一个不应该被忽视的人物。

温思罗普·帕卡德（Winthrop Packard，1862—1943），美国自然文学家、博物学家、环境保护主义者。他生于波士顿，1881—1883 年在麻省理工学院攻读化学，但后来转向文学创作，为多家报刊撰稿，逐渐成名。在 1898 年美国—西班牙战争期间，他曾短暂加入美国海军服役。此后，他成了环保主义者，并广泛游历，同时为一些报刊撰稿，写作涉及自然的文章。1900 年，他成为波士顿、纽约、圣保罗等城市几家报纸的签约记者，并担任了当时重要的家庭杂志《青年伴侣》的编辑。此后不久，他便搭乘破冰船“科尔文号”前往阿拉斯加，深入北极地区游历、考察，回来之后，他将这段经历写成了一部虚构作品《年轻的冰上捕鲸者》（1903），并获得成功。

在帕卡德生活的那个年代，美国的环境保护运动风起云涌，他也置身其中，成为马萨诸塞奥杜邦环保运动早期发展史上的重要人物之一。从那时起，他所在的马萨诸塞奥杜邦协会不断发展壮大，如今已成为美国新英格兰地区最大和最著名的环保组织。当时，他不仅担任该协会的秘书和财会，还出资帮助建立了麋鹿山鸟类保护区。同时，他以马萨诸塞为中心，以新英格兰地区为主要活动范围，深入这一地区的自然荒野进行田野调查，探索并体验那里的原生态环境，仔细观察动植物，从而创作出了诸多自然随笔集，包括《佛罗里达小径》（1909）、《荒野牧草地》（1909）、《野林之路》（1909）、《林间漫游记》（1910）、《林地小道》（1910）、《一个博物学家的文学朝圣之旅》（1911）、《白山小径》（1917）、《老普利茅斯小径》（1920）等，其中尤以《荒野牧草地》《野林之路》《林间漫游记》《林地小道》组成的《四季物候志》最为著名。

《四季物候志》是帕卡德的自然文学经典作品。在这4部作品中，他以春、夏、秋、冬的物候现象为主题，以深入的探访、细致的观察、深邃而辽阔的沉思和联想、优美的文笔为载体，记录了20世纪初马萨诸塞及周边地区多种动物和植物在不同季节的不同呈现和转变，全面展现了当时当地的自然风物。

《野林之路》是帕卡德所著《四季物候志》中的“冬之书”，由12篇自然随笔组成。作者在其中以种种冬季物候现象为线索，描述了大自然在冬季显现出来的自然风貌，同时也体现了作者对自然的博大情怀，为读者传达了一种“热爱自然”的崇高精神。在本书中，他对冬天的景物进行了如此细致入微的观察和记录，把冬天推进的整个进程描绘得淋漓尽致：

12月初，花白旱獭开始冬眠，躲在地洞中保暖。一些虫子在枝条上构成虫瘿——舒适、温暖的安全之家，在里面避开凛冽的寒意。湖泊出口的小道旁，普罗米修斯蛾编织了自己的冬天之家；不远处的灌木中，月形天蚕蛾、美国蚕蛾、塞克罗皮亚蛾结成的茧，悬挂在风中摇曳。湖水中，麝鼠搭建了圆锥形小屋，抵抗严寒……

夏天，一只大黄蜂飞进帐篷，捕捉家蝇，逐渐成为人类的朋友。黄蜂的巨大巢穴，始于5月初，那时，一只度过严寒而幸存下来的蜂后开始用植物纤维筑巢，并产卵、孵化出工蜂，随着成员增多，蜂巢不断扩大，8月底，最终的蜂巢就形成了。当秋天最初的寒意降临之际，巢穴便被废弃了，蜂群云游而去，而少数蜂后躲进缝隙，等待来年春天复苏……

12月的某个夜晚，北风吹来，湖泊渐渐冻结了，在溜冰鞋的冲击下，湖面噼啪作响、产生裂纹。一只翼尖被人射伤的潜鸟，孤独地栖息于湖心的一个洞孔里面，发出野性、孤独而悲伤的鸣叫。在湖泊冻结之际，它不停地奋力维持一个圆圈，以免冰层合拢……但最终，它还是故意选择死在家里，死在它所热爱的寒冷的深处……

冬季的野外，原本繁盛的鸵鸟蕨、荚果蕨、羊齿卷牙、肉桂蕨、绒假紫萁已然不见踪影；高贵紫萁、王紫萁也仅余孢子囊。而在铁杉林中，圣诞耳蕨躲在角落狂欢，刺叶鳞毛蕨翠绿得柔和、清朗，鸡冠鳞毛蕨如此笔直、清新，瓦苇在岩缝中摇曳，蹄盖蕨在浅水中沐浴，而铁角蕨则垂下深绿色的复叶羽片……

隆冬时节，大蓝山的顶部光秃了——很多植物无法经受山顶凛冽的寒意。然而，胭脂栎卷曲着，山胡桃和铅笔柏爬上陡峭之处。纤弱而欢乐的植物也活泼地攀登：洋地黄顽强地生长，林地禾草渐渐占据了高地。栗树朝山岭推进，却突然止步；山毛榉苗条，让自己高挺而纤细……崖底，面对郁郁苍苍的蕨类聚会之地，很难让人相信这是冬天……

冬季，一些鸟儿留在这里过冬。乌鸦吃苦耐劳，低沉地呱呱歌唱；歌带鹀快乐地鸣啭，采食各类种子；纹腹鹰无声地飞翔，捕猎小鸣禽；扑翅䴕不惧寒意，在田野上漫游、觅食。在欢乐的鸟类中，山雀无疑具有领导地位，它们不停地捡拾食物；从北方南下的红胸䴓紧随其后，在树枝上采食；绒啄木鸟在树桩上连续地轻轻叩击，不断寻找虫子……

第一场降雪飘落的时候，很多林地动物都躲进洞穴。积雪意味着食物短缺、饥饿甚至死亡。然而，雪花飘落的时候，会发出满足的咕噜声，呈现出不同的色彩，在树木间显得灰白，在天空上则变成了黑色斑点，还会发出不同的声音，或窃窃私语，或低声歌吟，或大声疾呼……积雪上，布满了各种动物的痕迹，其中草甸鼠最活跃，它们到处打洞、觅食……

在马萨诸塞，有很多来自北方的泉水。在泉水形成的池潭中，浮动着最微小的浮萍，来年春天就会覆满水面，然后顺流而下。在这里，水貂到处捕猎——鳟鱼、乌龟、蟾蜍、蜗牛、虫子……鳟鱼也如此，它们非常贪婪。为了躲过猎食者，聪明的石蚕使用木料或石头碎片，并吐出丝线将其裹在自己的周围，形成一座微小而坚硬的“城堡”，逃脱被捕食的命运……

北方飘来的雪把树林装扮得洁白，犹如神秘的世界，充满了形形色色的建筑，宛若仙境。林地展开的白色纸页上，雄披肩榛鸡留下了花彩般的脚印，匆匆赶去求爱；鼷鼠拖着长长的尾巴穿过积雪，迅疾而过；花栗鼠从地洞中冲出来，迅速奔跑；乌鸦的爪印无处不在，在溪流中摸索贝类；好几百只树雀鹀冲向桦树，啄食球果中的种子……

2月中旬，南风吹来阳光明媚的日子。散发出酒香的空气中，黄桦嫩叶丛生。碗状的小湖犹如珍珠，冬天的魔法在冰面编织出各种精美的图案。沼泽上，泥炭藓的纤维蓬松，猪笼草的水罐里面盛满了冰。沼泽雪松密集地生长，竞争得如此激烈，以至于落后者必定枯死。一些微小的昆虫覆盖在水面和积雪上，犹如黑雪……

寒冷的东风吹来的时候，你可以前往沼泽边缘，探访麝鼠搭建的圆锥形小木屋。麝鼠无惧寒意，其皮毛厚实，寒意无法渗入其体内。在冰层下面，它们以白色大气泡的形态贮存了一定的氧气，因此在水下活动时不会窒息。它们的食物充足且美味可口：圆叶萍蓬草、菖蒲、河蚌……此时，这片水域水里开始散发春天的芳香……

厚厚的冰层形成了一个巨大的电话磁盘，传递过来陌生未知空间的信息，或窃窃私语，或惊叹、咆哮、吼叫……这是大自然的原始力量，但其实与天气的持续变化有关。冰层以西风为伴，不断将沙子、砾石和石头推到岸上，形成让人难以置信的土堆和堤坝。此时，冰雪消融，春天临近……

这是帕卡德作品在中国的首译。我相信，这些渗透了作者对大自然的深厚情感的文字，这些并非虚构的真实经历，对于构建当今的“美丽中国”具有十分重要的借鉴意义，不仅能让国人了解到大自然中鲜为人知或不为人知的种种细节，更能唤醒和提高他们保护自然的意识。

2019年3月于重庆云满庭

野林之路

Contents

第 1 章　野外的冬天之家

Snugging-Down Days

一条纤细的道路蜿蜒曲折，越过沼泽前往湖泊出口，穿过这春天般柔和的氛围，而道路两旁布满了密丛。在这里，我并不会因为普罗米修斯蛾而感到惊讶——这种蛾喜欢编织自己舒适的冬天之家，并将其悬空晃动在柔和的空气中。

随着一轮忽闪的太阳，今天来临了，那轮太阳透过水晶般清澈的大气，把敏锐的西北风的眼睛凝视了好一阵，这阵风吹干了11月所有的雾霭，为了保持其敏锐的特性，它不曾留下潮湿的痕迹，它用寒意来触摸你。这个日子是这样生成的：从一片松林北边前往南边的大车路，会把你从12月初径直引向5月初，因此，一边是寒风刺骨的高寒的空气，而另一边则是阳光明媚的春天的气息。其实，那只不过是160公里的纬度差异而已，而蔬菜种植者说，这样的差异就存在于一道宽阔的围栏的南北两边。这就像你穿着神行千里的靴子，只要向前迈出一大步，就可以从拉布拉多①（Labrador）跨越到了路易斯安那②（Louisiana）。

---

①加拿大纽芬兰的陆地部分，位于拉布拉多半岛的东北部。

②美国南部濒临墨西哥湾的一个州。

本卡蓬湖[①]（Ponkapoag Pond）畔，在毗邻那布满沼泽的出口的狭长林地北边，有一片宽阔的刈草地，在这里干枯的残桩间，我伫立于落叶树暗淡的阴影中，面对着吹过起伏的高地的风，因为那样的风可能吹过北极荒原，歌吟着降临到林木线北部的前哨上面。在南边的沼泽边缘，麝鼠（muskrat）的圆锥形小屋从蓝色的水中升起，犹如特内里费岛[②]（Teneriffe）从毗邻加纳利群岛阳光灿烂的大海上升起来。在12月初的很多个日子里，当你漫步在旷野那纯净的明亮之中，就像是在一颗钻石中心走来走去的时候，你就可以发现这样的对比和反差。

然而，即便是那片宽阔的刈草地，也露出了准确的迹象——为冬天做好防御风暴的准备。到处都生长着树木，它们依然漂浮在它那波动起伏的褐色海洋中，似乎在迅速移动，寻求没有张开帆的森林予以庇护。结实的白栎（white oak）位于近岸之处，在双重缩帆的线路中，那褐色的叶帆依然坚持依附在更低处的帆桁上，而上面所有的船柱都被吹得光秃秃了。不久之前，花白旱獭（woodchuck）往来的小径从一片苜蓿地出发，通往另一片苜蓿地，再通往那隐藏得极为巧妙的洞孔。这样的小径宁静，未曾有人走过，而这些洞孔的主人身体肥硕，用前爪合抱着鼻子，舒适地躺在下面那温暖的地洞中防寒保暖。传统表明，它们将在隆冬温暖的魔咒

①在美国马萨诸塞州波士顿附近。

②西班牙加纳利群岛中最大的岛屿。

中醒来，从地洞中向外窥探，以便获得那种可能是春天来临的希望。因此，2月2日不仅是圣烛节[①]（Candlemas），在乡间传统中也是“旱獭节”，在寓言中，花白旱獭在这一天会出现在它那地下隐居地的洞口，寻找天气预兆，但我不知道是否有人看见过它这样做。在隆冬那美好的解冻时节，你可能经常在积雪中或泥淖中发现臭鼬（skunk）的足迹，但我从不曾见过花白旱獭留下的足迹，我相当自信的是，它整个冬天都待在地下洞穴里面，舒适地防寒保暖。

那片刈草地边界附近，到处都散落着一簇簇矮秋麒麟草（dwarf goldenrod），只要它们形态不变，上面的叶片和花朵就依然丰满。那簇拥的顶生圆锥花序朝着泥土优雅地弯曲，看上去犹如结实的鸵鸟羽毛。我认为，当它们结出大群大群簇拥的种子之际，那种仿佛长着羽毛的赤褐色，比它们在9月呈现的那种金黄色的华丽服饰还要美丽。它们的茎上依然排列着叶片，可是，为了呈现深褐色，这些叶片丧失了暗淡的绿色，仿佛就像它们穿上了海豹皮斗篷，作为冬季御寒的衣物。

可是在另一方面，所有的树丛又得到了双重保护，这并不是因为它们自己的缘故——此时它们只是枯死的茎，而是因为鸟儿的缘故——在这个月的晚些时候，积雪会覆盖地面，让鸟儿无法在地上觅食，因此它们就会寻找树丛上结出的种子来充饥。整个秋天，一阵阵疾风来来往往，不断吹着枯叶，而每一个树丛都巧妙地捕获

①纪念圣母玛利亚行洁净礼的基督教节日，传说旱獭在这一天结束冬眠。

了那些枯叶，一直到这样的时候来临：那些细茎可能被积雪用其他方式擦掉节瘤、压断，不过在四周都得到了具有弹性的叶片的强化，而且叶片将其勇敢地托起来。对于来年1月的金翅雀（goldfinch）和山雀（chickadee），这可是上好的露天食品库，也是免费午餐台。在这里，它们可能会不断捡拾那些遗漏的种子，种子除了被鸟儿热切的嘴喙采摘，其中的一些要等到春雨将其释放——地面适合播种它们的时候，才会离开自己紧紧依附的花托。

在树林中和牧草地上，到处都散落着大量的小植物和树木的种子，它们为数众多，就这样坚持等待着冬天的捡拾者将其捡起来带走。此时，鸟儿们不需要到植物上面去寻找那些种子，因为当冬天阵阵的风来往之际，那些种子就会一点一点放松其依附在梗茎上的把持力，最终不得不失去把握，散落在植物周围，犹如我们把面包屑撒给雪鸟（snow-bird）和麻雀一样。比如，这里生长着众多桦树，它们依然紧紧地掌握着自己的财富。如果春天迸发的花蕾的颜色可能是灰棕色而不是灰绿色，那么我们就有充分的理由认为树木拥有另一种年历，而那种年历有别于我们的年历；我们还认为，在4月下旬，因为它们，树木在光芒的背景中显现出了各种轮廓，我们会看见每一根嫩枝都装饰着新生命。那确实是新生命，却不是春叶的新生命。每棵树都拥有1000枚球果，而每一枚球果种都塞满了细小的种子，它们围绕在一根僵直的纤维的中央核心周围，而那根纤维则犹如纤细的金属丝。

将种子紧紧保持在原处的，是那些扁平的小鳞片，它们拥有一种轮廓，就像被样式化的百合花饰轮廓，要不就有点像飞翔的小鸟。其整体被尖端如此牢固地锁住，以至于当它们头朝下悬垂之际，只可能移动顶端上的鳞片和种子。如果你非常猛烈地撼动树木，整棵树就会发放出一片种子飞翔的云，但是当你看着那棵树，你就会发现它撒下的种子并不多，还不及它所贮存的种子的千分之一。当隆冬的雪深深地堆积在四周，那如同出纳员一般的风就会吹来，按照树林中的小生物之需来征用这些贮存物，将其宽阔地散落在白色的地面，直到它们看起来就像被糖果制作者加上了点点香料，可见森林多么精心地照料自己的生物。阿拉伯传说中，在宴会上捡拾一粒粒米饭的阿米娜女士（Lady Amina），进餐的姿势可能也并不那么优雅。当最后一颗桦树种子被分发的时候，春天就近在咫尺了。因而，在林地和牧草地上，到处都有数不清的粮仓贮存着粮食，锁得并不那么牢固，以至于那些粮仓全都会遭到偷窃，但是又会大量的放满，被紧紧地压实且满溢，以至于其中既不会缺乏数量，也不会缺乏品种。

在那片宽阔的刈草地上，在那把它从开阔的沼泽分开的矮林中和湖岸上，如果我们仔细寻找，我们到处都能看见其他遥远且更为陌生的形态，为了抵御冬天和严寒而深谋远虑地形成。在很多地方，巫术和这样的深谋远虑确实在起作用，但奇怪的是，所有无法解释的事物发生并得以实现，小生物才可能安全地维持到春天来临。在秋麒麟草的茎中间，你到处都会发现某一根茎膨胀成一颗山核桃（hickory）坚果的大小，这个球茎纯粹是从一根牙签的直径扩展到了 1.9 厘米，当我用刀子劈开这个球茎，我发现它是由坚韧的木髓构成的，而木髓充满了正在生长的植物纤维，但在这个球茎中心，却有一个细小的空洞。

在这里，一只懒散的生物舒适、温暖而又安全地躲藏在里面，完全避开了寒意和暴风雨的侵袭，它如此肥胖，因此看起来活像是一个球状的白蜡团。起初，它就那样舒适地睡觉，只有在我刺戳它的时候，它才会蠕动，我能看见它的嘴巴在嚅动，似乎在不断抗议我的打扰。对于我的耳朵，它那童话的语言过于精细，因而无法放大成大世界里的粗犷的口音，但如果让我评判它的镇定神态，那它肯定会这样说："哎呀，你这该死的先生！你怎敢入侵我的隐居之地呢！"

它毕竟有权利愤怒，因为犯错的是我——我不仅破坏了它的冬天之家，还把它驱逐了出来，让它暴露在寒意中，在无遮、无保护的状态下瑟瑟发抖，随后让它在那撒泼的风里一命呜呼了。它本来是平平安安的，一点点咬掉那个木髓厅堂中的物质，从而扩大自己的家，在春天为自己巧妙地钻出一个洞孔，它可以从那个洞孔出来，展开细小的翅膀，享受夏天的阳光和柔和的空气。它从卵到幼虫，再从幼虫到瘿蜂（gall-fly）的变形过程，本来就够古怪的了，然而更奇怪而且远远更具魔术趣味的，还是它那冬天之家的增长过程。原来，通过某种魔术般的戏法，它的母亲将它产在那里，还使得那秋麒麟草纤细的茎在它四周生长成为这个豪华之家，这个过程只有它的母亲及其同类知道，要不是我偶然闯入这条幼虫的家，学会听到并翻译它诅咒我所使用的语言，我也很可能对它的存在一无所知。

然而，让我们离开拉布拉多，前往路易斯安那的土地，让自己到那里去放松一下吧，因为我们在短短的 5 分钟之内就可以完成这一行动。我不知道栎树、松树、枫树、桦树，还有那些守护在沼泽边缘上而密集生长的灌木丛，它们对这种锋利、敏锐的风究竟有什么样的阻挡和限制能力，但是，当这种风吹过这些乔木和灌木，它就确确实实丧失了那股泼辣劲儿，而且还迎接着低垂的太阳温暖的拥抱，还携带着春天的芳香。这仿佛就像木紫罗兰(wood violet) 在穿越树林之际，迅速铺展它的外衣，而它的那件衣物则充满 4 月细微的气味，或许是那从布满沼泽的林地涌现出来的生命的永恒魔术，在攫住经过的万物之际也攫住了它，使得它成为其力量的携带者。一条纤细的道路蜿蜒曲折，越过沼泽前往湖泊出口，穿过这春天般柔和的氛围，而道路两旁布满了密丛。在这里，我并不会因为看见普罗米修斯蛾（Callosamia promethia）——即所谓的西洋蜡梅蚕蛾（spice-bushsilk-moth）而感到惊讶，这种蛾喜欢编织自己舒适的冬天之家，并将其悬空晃动在柔和的空气中，等到真正的春天轻叩它那丝绸的门道，柔和的雨水抬起门闩，把它放出来。

不远处，就在那些环绕山核桃和栎树的灌木丛中，在深及脚踝的树叶间，有月形天蚕蛾(Actias luna)结出的茧。在这些茧中间，时不时还有从栎树上脱落下来的美国蚕蛾（Telia polyphemus）

的茧，如果你要寻找，也不难发现那种大囊袋——塞克罗皮亚蛾（Samia cecropia）就在那里面等待着同样的召唤。在5月的某个傍晚，林间空地上和沼泽边界上，这些蛾子便会勇敢地苏醒过来。这仿佛就像最精美的秋叶呈现的棕褐色、略带淡红的紫色、玫瑰色和黄色，在春天的薄暮中再度起飞，到处恣意地飘浮，跟吹来的风毫无关系，然后那月形天蚕蛾——黄昏过后，将会完全裹在装饰着貂皮、海豹皮和鸵鸟羽毛的最优美的绿色之中，在它们当中来临，凭借夜晚都极少看见的美丽而君临。这一切，都是从那纸一般的茧里面突然出现的，而那些茧要么摇晃在路边的灌木丛中，要么完全被忽视，翻滚在野菝葜（wild smilax）纠缠的根部那些飘移的秋叶间。

这里有为你表演的魔术，店堂中的魔术师常常表演的那种魔术，仅仅在气息触及之下就生长出来，从那来源朦胧而琐碎、脆弱而美丽的事物中生长出来。然而，我似乎发现了一种巫术——如果这种巫术不那么引人入胜，就更为有效，被施予那到处生在密集的灌木丛中的柳树，那些灌木丛则毗邻着纤细的沼泽道路。某个长着翅膀的小精灵，用仙界的魔杖触及了柳枝末梢，对它们低语，只说出了一句有力的话，柳树就服从了，并结出了球果！这些球果长约2.5厘米或更长，长满了鳞片，完美得就像上面树林中松树结出的球果。但是，这些球果里面并没有柳树生命的种子，相反，在里面的核心中，却各有一条橘黄色的微小的幼虫——一种飞虫的孑孓。在去年春天，那种飞虫的尾部就刺进了柳树末梢，把卵生产在那里面，让其安全地孵化、成长。

卵会变成幼虫，接着幼虫又会再度变成飞虫，从魔术这方面来说并不算什么，或者它同时会在柳树的纤维上变得肥硕起来。从那时起，每一根成为这种幼虫之家的柳树末梢，都会遗弃其所有公认的生长方式，在冬天的严寒期间产生一个球果，好让幼虫藏身避难，在这一事实中，巫术就降临了。有很多种这样产生虫瘿的昆虫。栎树的叶片上，那些依然保持着球形的依附物，就是以同样的方式而产生的。如果在你小小的果实中间寻找，你就会发现黑莓（blackberry）的茎膨胀了起来，因为相似的原因而形成了结节状，里面还挤满蠕动的生命。所有的巫术都出自同一本书，相比之下，那本昆虫的巫术之书使得人类的生命和生长似乎简单得荒谬。为了过冬而准备的旷野世界，充满了这样的防寒、保暖的故事，在这样一个 12 月的日子穿过树林的人，只要稍加留意，便会读到这样的故事。

在湖泊的出水口，我伫立在那春天般的温暖中，俯视沼泽和湖水交汇之处呈现的那根线条，可以观察麝鼠构筑的圆锥形小屋，它们呈现出黝黑的山峰状，犹如一条海岸山脉朝着彼岸退去。今年，麝鼠建造的小屋要高于往年，我设想，这是因为它们期待有更多的水，整个夏天和秋天的水位都很低。其中的一些麝鼠小屋像我一样高，肯定是这些小小的劳动者付出了巨大的劳动才得以建成的——它们撕掉了沼泽中的根须和草皮，将其收集起来，堆积成这样的金字塔形。它们的道路越过沼泽，忽东忽西，都被如此彻底地践踏过、行走过，以至于那些小小的旅行者不仅为数众多，而且还相当活跃。为了过冬，它们辛勤地劳动，贮存了不少百合(lily)根和白菖蒲（sweet-flag），它们的小屋入口位于水下，却通往上面小屋中干燥而舒适的住处。在这里，它们安全地避开了风霜，就像我从秋麒麟草茎的木髓厅堂中劈砍出来的那条白色幼虫一样。当四处的冰层冻结得很厚，它们的房子外墙就会非常坚硬，如同用黑色金刚石建成的一般，然而，它们在水中的入口却位于冰层之下，不会冻结，如此一来，它们就通过这个入口往来自如，寻找食物，或许还会对同伴发出友好的召唤。

整个早晨，在它们的房子附近，沼泽禾草（marsh grass）都在翻腾，水都在闪烁发光，彼此致意，如果你聆听草丛，你就可能听见它那美好、微弱、咝咝作响的歌，那唯一的辅音是带有“s”的词语发出的沙沙的低语声，应和着一种充满睡意的摇摆。当那些词语隐退到太阳从光滑的长矛上反射的银白色之中，这首歌似乎就跟沼泽那棕褐色的声调和谐一致。在遥远的山腰的松树枝上，云影下面的深蓝色，在风中犹如巴松管一样嗡嗡哼唱；枫树中，遥远而缄默的短号清晰地歌唱；在橄榄色的美国尖叶扁柏（swamp cedar）那柔软如羽毛的头颅四周，如果你专注地聆听，你就会听见横笛发出微弱而尖锐的高音调。偶尔，在边缘干枯的芦苇中间，钟琴清脆地叮当作响，发出圆润的黄色音符，然而这些音符仅仅回响着令人熟悉的北欧古文字。那在棕褐色中带着白色的沼泽禾草如此野性，以至于它从不曾听见长柄大镰刀割刈时发出的嗖嗖声，这些禾草歌唱，声音柔和，咝咝作响，无疑是一支孤独而又未驯服的小精灵之歌。

随着风的歌吟进入南边温柔的春天，白昼因为云层的聚集而渐渐寒冷，天空不再蔚蓝而柔和，却变得灰白，凉意四起，湖泊丧失了闪烁的光芒，呈现出紫色，被冻得麻木，在光秃秃的粗枝中间，会听见积雪唱起的诺言之歌。但是，云朵停在西边的一条明确的线上，太阳西沉时，便会落到这条线下面，发射出一股金黄的洪流。穿过那些标注刈草地和湖泊之间的边界的树木，不断起伏、翻滚，用光辉彻底照亮沼泽，给麝鼠的圆锥形小屋、高大的沼泽禾草和湖水那边遥远的树木镀金，直到所有凋败、干枯的树叶都沐浴在宁静中，明亮得柔和而安详，仿佛黄金时代降临到了我们大家身上。就这样，这个水晶般的日子，把它那受到庇护的春天的欢欣，把它那冬天积雪的诺言，全都熔合到日落的光辉的金色喜悦之中，在那拖曳着镀金阴影的小径的西山上，继续迈步前进——一个人沿着那样的小径走上回家的路，就仿佛走进了这个完美的日子。

第 2 章　白脸大黄蜂观察记

Certain White-Faced Hornets

从冬天幸存下来的蜂后，在露天的开阔地晒太阳，然后从附近的粗枝上热切地咀嚼纤维，当这些纤维软化成纸浆，它就径直地飞向浆果丛，在那里开始它漫长而耐心的夏季劳动，用纤维构成的纸浆筑成最初的巢穴。

整个牧草地中最寂寞的地点，所有地点中冬天将其变得最为空寂的地点，莫过于那个角落——那里悬垂着白脸大黄蜂那巨大的灰色巢穴。那个蜂巢的门敞开，显得殷勤好客，却再也没有那些身材粗壮、结实的居民了——它们结群成队，咆哮着飞来飞去，忙碌于某些不能耽搁、等待的事务。蜂巢的门十分宽阔，足以让好几只大黄蜂同时进出，然而它们习惯于在这个入口连续不断地相互推挤、推搡，而工蜂的群体如此庞大，体内涌出旺盛的活力，因此场面十分热闹。在8月的日子里，当温暖的太阳照耀之际，一只白脸大黄蜂的体内就充满了郁积的力量，那种力量好像要从它的体内奋力迸发而出，就像城市里烈焰熊熊、浓烟滚滚之际的蒸汽消防车，消防队长通过扩音器大声下达命令，工兵为了部门的荣誉和社区的安全而不断跳跃。与此相比，大黄蜂也如此滔滔不绝，冲撞，嗡嗡作响，迸发，方式完全一样。

难怪人们误解了这种昆虫的咆哮，有时驱驰回家——回到一个如此美好的地点，他们嫌弃地说到白脸大黄蜂（Vespa maculata）及其近亲小黄蜂（yellow jacket），甚至还说到那彬彬有礼、离群索居的普通大黑蜂（black wasp）。其中，和蔼的埃特里克·谢泼德[①]（Ettrick Shepherd）——那个开放世界中善意的主教，我认为他错得不轻。他曾经就这样说道："哦，黄蜂，上帝的造物，是唯一永远发脾气的生物。绝对没有什么能让它愉快。"

这种观点如此普遍，以至于要对其进行反驳几乎徒劳无益，然而，根据我对白脸大黄蜂的了解——如果不那么密切，至少也是在亲切友善的方面，它们似乎并不该受到这样的指责，也不该得到这样的恶名。我并不否认它们的性格草率、急躁，它们当然不会容忍你对它们的家园和它们抚养家庭的权利进行干预。然而，我并不会将此称为"坏脾气"的征兆，相反，我认为那是一种爱国精神。

也许，我们大多数人的问题就在于，我们都模仿了这个国家的一个早期探险者对马萨诸塞湾[②]（Massachusetts Bay）的描述，描述中涉及人类碰巧跟白脸大黄蜂进行了相当真实的接触。奥巴

①苏格兰诗人（1770—1835）。

②美国马萨诸塞州波士顿地区所濒临的海湾。

迪亚·特纳（Obadiah Turner），英国探险家和新闻记者，使用了如此离奇有趣的措辞侃侃而谈，记录和叙述了发生在1629年的一次历险：

在那样的情况下，虔诚而谨慎的船长一度情绪愉悦地坐在那个树桩上。不久，所有人都惊慌不已地匆匆聚过来，亲眼看见了那位善良的老人做出的奇怪的举动。只见他精力充沛地发出一声尖叫，从树桩上跳了起来，而当他们走上前来，却远远就发现他在四处跳动，那样子很古怪。他的嘴巴同样也气喘吁吁，还以最不幸的方式向上翻滚眼珠。

所有人都被这一幕深深地震动了，便大声问他，请求他告知他究竟发生了什么，究竟是什么原因导致他表现出如此痛苦的神情，很快，他就指着自己的额头，于是他们发现那里有一个肿胀的红色小点。然后，他们开始认为发生在他身上的事情是这样的：某种有名的蝎子或飞行魔鬼狠狠地咬了他一口。不久之后，他的痛苦就大大缓和了下来，他开始缓缓地说，当他坐在那个树桩上的时候，他发现了在一棵树的枝条上有一枚在他看来是果实的东西，但他以前从未见过那样的东西，其大小尺寸和形状都很像是一颗人头，还拥有外壳，这就使得他以为那预示着那枚果实成熟了。在这片美丽的土地上，人们曾经发现过那么多新颖、甘美的果实，因此根本没有人能认完这些果实。他还说，看见那枚果实的时候，他的眼里立即就充满了欣喜。

于是，他抓起一块石头，朝着上述的那个方向猛然抛掷过去，想把那枚果实击落到地上。可是他并没能清楚地瞄准，却仅仅击中了那根悬挂着果实的树枝，但石头的冲击和震动同样不足以将那枚果实摇落，而让他意外的是，形形色色长着翅膀的小蝎子却从里面飞了出来，犹如从巢穴里面飞出来一般，其体型大小就像是古老的英格兰沼地上的大型泽蝇（fenn fly），其中的一只跃到他的额头上，一瞬间就狠狠蜇伤了他，他顿时就痛苦不堪，大叫了起来。

让白脸大黄蜂建造家园和操持家务的方式进程平顺地继续下去吧，它毕竟是另一种动物。曾几何时，整整一个夏天，一只白脸大黄蜂都在我的帐篷中来来往往，我们后来成了好邻居。最初，我用不信任的目光去审视它，而且还想伤害它，但是它频频躲避我实施的打击，我还没来得及低头去注意，它就重重地落到了一只家蝇（house-fly）的身上，那家伙正在帐篷顶上摩擦前腿，仿佛在庆贺什么。无疑，这只家蝇正和等级较高的细菌混在一起，会传播疾病，但这样的事件给它带来的成功的幸福感并没持续多久，就消失殆尽了。从它的翅膀上，很快就传来了细长的报警的刺耳声，紧接着就是一阵短暂的、不祥的沉寂。然后，就在那只大黄蜂绕着曲线穿过帐篷门，全速飞在回家路上之际，传来了它的螺旋桨发出的那种深沉的咆哮。一个小时之后，它又重返帐篷，刚刚来到我身边，就几乎立即捕获了另一只苍蝇，再度带着猎物离开。接着，它又再度来临，一天之内飞来了很多次，而且日复一日都要飞来，直到我开始熟识它，怀着遇见老友一般的兴趣去追踪它的飞行。

其实，这只白脸大黄蜂很安静，从不曾打扰我和其他任何人。它并没有把时间耗费在人类身上，它的天职就是捕获家蝇，这样的工作需要它投入所有的能量和注意力。在它可能获得成功的事实中，必要的一点就是，它应该将自己的全部精力投入这一重要的努力之中，因为它并没为自己的工作而装备得特别精良。跟它的猎物相比，它既没有速度，也缺乏灵活性，如果家蝇能听见并知道身后是什么东西在追逐自己，那么大黄蜂那机械的咆哮，即便是处于最慢速度，也肯定会给予家蝇够多的报警机会。因此，它的行动无异于一艘货船企图去捕获鱼雷艇。与大黄蜂相比，家蝇能以其半径的三分之一转圈，还能飞行大约 4.8 公里，然而，尽管家蝇占尽了种种优势，但白脸大黄蜂不到一分钟就会捕获一只家蝇。

我认为，那些家蝇仅仅是错误地把它当作了同类，只不过将其体型换成了更大的版本，直到它的下颚紧紧地攫住了家蝇，家蝇们才知道相互根本的差异，但为时已晚。白脸大黄蜂习惯于满怀着近视的激动，在帐篷中踉跄而行、四处冲撞，因此在旁观者看来，那样子十分幽默、滑稽。它无法把家蝇和帐篷柱子的洞孔辨别出来，在帐篷的栋梁上有一颗大头钉，它每次进来的时候，都要狂喜地将其捕住，但又在一阵缓慢的惊诧中将其放开。这只白脸大黄蜂开始知道我是风景的一部分，且并不介意歇落在我的头顶上进行探寻，却也从不曾想蜇刺我。在一个阳光明媚的平静的日子里，我记录它来访的次数，发现它在 40 秒之内便会抵达一次。但是，这仅仅是在最有利的天气条件下的来访记录。在云层遮住太阳的阴天，它来临的速度便会被耽搁，而在湿淋淋的天气里，我则根本就看不到它的身影。

这只白脸大黄蜂掌控家蝇的方式直接而有效。在最初的嗡嗡声响起之后，紧接着便是它那剪子般的上颌骨发出不断的割裂声。你听得见那种声音，还会立即看见那薄纱般的翅膀朝着帐篷中的地面慢慢振动。如果那只被捕的苍蝇疯狂地踢腿挣扎，它也会以同样的方式还以颜色。然后，它更加牢固地攫住猎物，带着它离开帐篷，飞往巢穴。据说蜜蜂的队列在数学上是笔直率的典范，然而，相比频频造访我的帐篷的这只大黄蜂，相比它返回那位于下面牧草地浆果丛中的巢穴的路线，那些带着收获物寻找蜂房的蜜蜂则会以更笔直的线路飞行。

帐篷中的家蝇为数不少，为了了解一个巢穴中究竟有多少只大黄蜂，我最初就期待它会把自己的同伴带来，也许纯粹以数量的优势来使得我殷勤好客的态度陷入窘境，但令人意外的是，它并没有带来任何同伴。我有一个想法，那就是它致力于捕捉家蝇的工作，而其他工蜂正在为幼虫们采集花蜜和蜜露，还有一些工蜂则依然在建造巢穴和蜂房。在夏天稍晚的时候，另一只大黄蜂也飞来了，但我确信它只是偶然碰巧才来到这只大黄蜂的禁猎区的，无疑是未受邀请的不速之客。在这两只大黄蜂的共同努力之下，它们肯定联手捕获了数千只家蝇，并将其活捉到了自己的巢穴中。

就这样，它们那堡垒似的巢穴悬垂在蓝莓丛的嫩枝上，外皮犹如纸张，到了9月就渐渐增长到了水桶般大小，里面容纳着一个巨大的群体，这个群体中既有英勇的战士，也有强劲有力的劳动者，它们即使近视、蠢笨，却也坚持不懈地劳动，完成了那么多的工作，取得了那么大的成就。而我之所以说它们近视，是因为两只白脸大黄蜂常常在我的帐篷中捕猎家蝇，它们的表现毫无疑问是那样的；我之所以还说它们蠢笨，则是因为假如它们不愚笨，那么它们最终就会得知那颗大头钉钉头所在的位置，会停止去捕捉它。除了这些无疑是与生俱来的弱点，我还不知道在牧草地上，还有哪种动物会显示出白脸大黄蜂那样多的美德和优点。

白脸大黄蜂位于浆果丛中的巨大养育院，于5月初虚弱地开始行动。那时，一只形只影单、瘦弱不堪、饥肠辘辘的蜂后，从一棵巨大而空洞的栗树的裂缝中爬了出来——在那里，它成功地度过了冬天的严寒而幸存了下来，如今复苏了。它一度在露天的开阔地晒太阳，然后从附近的一根灰白而光秃的粗枝上热切地咀嚼纤维。它缓慢地咀嚼纤维，当这些纤维软化成纸浆，它就径直地飞向浆果丛，开始它那漫长的夏季劳动。它耐心地劳作，处理自己带来的够多的纸浆，用唾液将其打湿，以便形成一个巢穴。这个巢穴的大小如同半个鸡蛋，一块呈水平状且向下开启的蜂巢里面，仅仅容纳着几间蜂房。然后，这只蜂后在每一间蜂房里面都产下了一枚卵，那些卵里便孕育着工蜂。

第一窝产下的卵里面始终都只有工蜂，看起来，大黄蜂母亲似乎能够通过某种陌生、奇异的巫术来产卵，而那些卵又如其所愿地产出工蜂、雄蜂或其他蜂后，因为大黄蜂的蜂巢就像蜜蜂的蜂巢，容纳着 3 种不同角色的成员。当这些卵孵化的时候，蜂后就完成了巢穴，然后开始喂养那些滑稽古怪、小小的白色幼虫——它们头朝下，倒吊在蜂房中，通过一种与卵存放在一起的胶水，让自己黏附在蜂房的顶部。

幼虫们接收的食物是花蜜和花粉，随着它们渐渐长大，它们就开始接受各种不同的昆虫肉末——每当母亲捕获昆虫后，都会将猎物细细地嚼碎，再喂给它们。很快，它们的身体就会迅速生长，渐渐充满蜂房，停止进食，为自己编织一件丝绸睡衣和一顶用来封闭蜂房入口的睡帽。在这里，它们会静静地待上几天，从幼虫形态转变为长着翅膀的昆虫，就像蝴蝶在生命中出茧之前的蝶蛹阶段一样。

蜂后在这些日子无比忙碌，因为它要担负起照料整个小小的蜂巢的职责，还要展示自己不仅能在蜂巢经济体中扮演女性角色，还能从事好几只工蜂所干的工作：制造作为筑巢原料的纸浆，进行建筑工作；找到足够的花蜜、花粉和昆虫食物，将其带回家喂养幼虫；最终还帮助幼虫割掉蜂房上的封印，用下颚将年幼的孩子抓住，从蜂巢中拖出来。

这些年幼的大黄蜂从原本密封的巢穴出来之后，便洗洗脸，把触须清理干净，吃掉更多免费的食物之后，便开始着手工作。从那时起，抚养了这些孩子的蜂后便不再工作了，却专心维持蜂巢，在新的蜂巢建成之际，它就在里面产下工蜂卵，也许在工蜂们最忙碌的时候，它偶尔还会喂养孩子。

新生的工蜂最初关心的事情，就是把曾经使用过的旧蜂房打扫干净，并建造新蜂房。但是，在母亲建造第一个蜂巢的那层薄纸里面，已经没有建造新蜂巢的空间了。于是它们就将那层薄纸割掉，再次将其咀嚼成细碎的纸浆，在它们周围建造覆盖面更大的新蜂巢。然后，在第一个蜂巢下面，它们又构筑、悬挂了第二个纸质蜂巢，其状若圆柱，因此它们有了在新、旧蜂巢两者之间往来的空间，它们伫立在一个蜂巢的顶部，喂养那些从上面的蜂巢中倒吊着的幼虫。

不仅如此，它们还在旧蜂巢的侧边增加新蜂房，使原来的巢穴更宽阔。那第一个鸡蛋形状的圆形小巢完全呈现出一种颜色，即一种柔和的灰色。然而，根据进行建造的工蜂的个体特征，一般来说，新建的附加蜂巢的色彩要么更浅，要么更深。一些蜂巢在被添加到这个结构上的时候，实际上会呈现出一点微弱的褐色，尽管这些巢穴很快就褪色了，然而通过色调的差异，你始终可以辨认出大黄蜂在不同时期创造的作品之间的界线。

在夏季，这项建筑工作就这样持续进行，不断推进，更多的蜂房被增添到现有的蜂巢上面，新的蜂巢被悬垂在老蜂巢下面，周围的包膜始终不断被割掉和替代，以适应蜂巢内部成员的增长。到了 8 月底，最后增加的蜂巢就建成了，于是蜂巢内部就充满了不断咆哮的生命。夏天是一个十分有利的季节，此时的食物丰富无比，因此在极度可怕的暑热和充足的食物的慷慨施舍之下，工蜂们逐渐形成了一种新的天赋。

在说到它们的时候，我把阳性代名词赋予了它们，因为它们无疑值得拥有这样的称号。当然，唯有雄性才能同时如此精明而又如此迟钝，如此魁伟结实，如此积极奋发，还如此专一——它们除了集中精力忙碌于自己的工作，对其他一切都了无兴趣。然而，还有这样一个事实，那就是在 8 月，一些工蜂开始产卵，如果那则古老的谚语——“同类相生”依然有效的话，那么它们就依然值得拥有这个阳性代名词，因为这些卵也仅仅产出雄性后代。

同时，蜂后也开始产卵，不过这些卵注定要产出其他蜂后。这一切究竟是怎样预先知道的，我们很难辨明，但这样的事情肯定是事实，因为根据雄性和雌性较大的体型所需，搁置这些卵的蜂房往往建造得比其他蜂房要大一些。

就这样，构筑那巨大的纸质蜂巢的工作达到了高潮。新的蜂后被安全地抚养长大，到了秋天最初的寒意来临之际，它们就成熟了。这些秋日带来了雨水，让它们从原本熙熙攘攘的喧闹的生活沉寂下来，这样的转变最令人吃惊。几乎在一天之内，蜂巢便被彻底废弃了，仿佛是整个群体密集地云游而去，它们也的确如此，但并不像蜜蜂的蜂巢那样群集。它们离开了老家，一去不返，却并不是作为一个群体去寻找新的土地，去繁荣兴盛，因为秋天最初的寒意伸出了冰冷的死亡之手，搁放在它们忙碌的生活上面。它们一个个单独离去，渐渐停滞，无论寒意在哪里捕获它们，它们都被冻得麻木。

很难说它们去了哪里，但一只或一千只大黄蜂为了逃避严寒而爬进了缝隙，很容易消亡在那辽阔的户外世界之中——工蜂都无法度过冬天而幸存下来。我认为，它们喜爱夏天的那种工作强度，整个夏天，它们都在连续使用自己体内力量、沸腾的活力，这就让它们精疲力竭，因此它们体力消耗殆尽，很容易死去。而年轻的蜂后则不同，它们的工作才刚刚开始，它们的体内带着强劲、年轻的生命，这就使得它们充满了活力，相对容易度过冬天艰难的时光，尽管它们置身于缝隙中，表面上被冻僵了，但实际上还活着。尽管如此，只有少数年轻的蜂后能安全地度过冬天而幸存下来。试想一下：如果一个蜂巢的所有蜂后都幸存下来，而且在来年都要建造蜂巢，那么牧草地便会成为一个过于忙碌、热闹之地，那样的话，就不再适合人类前来造访了。

这样倒也不错，然而让我很高兴的是，每一年都会至少目击一只白脸大黄蜂蜂后复苏，看见它在5月的阳光下制作纸浆、筑巢。在牧草地的生命中，如果没有它那些骚动的后裔，便会十分乏味。如今，那巨大的灰色巢穴空空荡荡，令人可悲可叹，也让人同情，而我乐于去忘记它，忘记它那熙攘忙碌的集群。只记住那只忙碌的工蜂曾经飞进我的帐篷，捕获了它的那些家蝇猎物，把一只脚倒吊在帐篷横梁上或帆布边缘，用所有其他的脚都抓着它所捕获的那只家蝇，忙着进行剪割。

第 3 章　薄冰时节

Thin Ice

因为我知道那只潜鸟难以驾驭而无所畏惧，从而倾向于相信它故意选择死在家里，死在它所热爱的寒冷的深处，而不是回到它那不断缩小的冰层圈子，在那个可怜的避难所来面对我——那个跪在水边的陌生动物。

接近子夜，湖泊沉沉地睡去。一整天，它都在跟那喧闹、狂躁的北风嬉戏，当大风冰冷的肩头在湖泊表面裸露出来的时候，它还假装着皱眉表示不满，露出一脸怒气的样子。在压力离开它之际，泛起阵阵涟漪；在低垂的太阳越过它的皱纹而大笑之际，欢快而灿烂地闪烁。那风就像北风一样经常来临，带着阳光从天而降，留下一面清澈的镜子，从此岸延伸到彼岸，反映着冬日薄暮那冷冰冰的黄色。

当这寒冷的薄暮冰冻成黄昏那凝结的紫色，震颤的群星就颤抖成一种黑色状态，脱离了空间，带着紫罗兰色。每一个寂静的冬夜，星云假说都会重新诞生在天空之中。从那时起，它就肯定溜进了康德[1]（Kant）的大脑，而康德当时正伫立在德国的某个渐渐

---

① 德国哲学家（1724—1805），古典唯心主义的创始人。

降临的12月的黄昏中，观看那冻结的天空的灰紫色霜气渐渐凝结，凝结成早来的星光发出的那些流质光辉，然后再次颤抖成陌生的太阳那水晶般的闪烁——整个夜晚，太阳都以宏伟、庄严的排列，穿过无限距离的星际空间而旋转。

在这样一个夜晚伫立在水边，你意识到自己身处在一个光芒闪烁的辽阔空间的正中心，因为群星都闪烁着相同的光辉，在你的脚下和头上熠熠生辉。大地被遗忘了，变得透明，在日落时分灰白的沙子铺展在你的脚尖下约1.25厘米水深之处，如今你透过无限的空间俯仰天地，那些未曾命名的星座无法预知深不可测的距离，而在你的脚下，那些星座模糊成了一条银河。在寂静的冬夜，这个湖泊很深。

如果你乘坐独木舟，划进那个中心，那么那个幻觉就完整了。再也没有泥土，也没有泥土下的水存留下来，你处于空间的虚处，把昴宿星团作为你最近的邻居，把北极星作为你唯一的保证，你就这样茫茫地四处飘荡。在这样的情形中，你只能感受到宇宙巨大的幻影和朦胧出现的形象。分子理论在那里得到了充分的说明——把你作为那不可计算的中心的一个分子。此时，令人安慰的是举桨一击，击碎这一切，把你那不可计算的宇宙的下半部分击碎成一片颤抖的混乱，当湖岸在凛冽的寒意中隐现着黑色，模糊不定，观看依然是美好的，因为那朴素、简单的泥土朝你归来。你进行了这一年最后的独木舟之旅，而这样的旅程却把你带到了很远的地方。

难怪在这样一个夜晚，因为漫长的冬天而熟睡的湖泊在做梦。子夜刚过，湖泊就开始在睡梦中不安地躁动起来，一丝微弱的颤动越过湖面。北风的一丝迟缓的喘息拖拖沓沓地落在后面，沉睡在松林之中，又重新醒来，如今正抓紧时间赶上来。湖面的水已经到达了凝固点之下好一段时间，随着轻微的唤醒，梦幻开始写作自己，仿佛那阵风小小的喘息就是一支铅笔，在冰晶中描绘那尚未形成系统的思想。绝对静止的水经常呈现出这样的状态。它的温度可能下降到凝固点以下几摄氏度，且依然不会改变。轻轻地搅动，冰晶就会在一触之下渐渐越过水面。

说来也奇怪，湖泊的梦幻最初并没涉及那在天空下被掏空的辽阔的宇宙，并且在它清澈的深处一次次浮现在眼前。它的梦幻涉及泥土和温暖，涉及蒸气腾腾的白天和潮湿的夜晚，在那样的时候，霜冻的寒意在整整的一年里都绝不会触及它的表面，而小小的风在冰晶中留下的记录，涉及蕨草的复叶和棕榈，涉及生长在热带茂盛状态中的史前植物生命——在那些日子里，湖泊还很年轻。

这些最初徒手画下的粗体草图，从晶体触及晶体，结合起来，就浮出了一个奇异的网络，里面速写着和暗示着阿拉伯式的图案，如实画下的植物，黑煤时代的动物。而在所有大大小小的图像中间，是一层开阔的水，上面具有彩色图案。这层水凝固在装饰物的附近和下面，湖泊从此岸到彼岸冻结了起来。因此，我在第二天早晨就发现，在众多日出中的一次，呈现出了水平和黑色——那些日出似乎将寂静的大气的巨大晶体粉碎成了棱镜。寒意从天空中冻结起来，在它所在的位置上，还存留着某种奇异陌生、生动活泼的原则，而这种原则犹如一种不朽的法则。

新的冰就这样形成了，它具有一种与其厚度成比例的奇妙力量。尽管如此，它却一点也不光滑。当你在湖泊上滑过之际，尽管你在这一年初次溜冰时很少对此关心，湖泊对于蕨、棕榈和蛇颈龙（plesiosaurus）的这些梦幻再现出来的压纹，也在你的溜冰鞋的钢刀冲击之下发出气泡。我想，在很大程度上，正是这些压纹给予它力量，尽管在你冲击之际，它可能会在你的脚下噼啪地裂开、下陷，但你知道，它那黑色的结构是由交织而成的晶体所构成的——那些晶体在弯曲中彼此塞入，再次牢牢地相互把握，直到你的体重将它们彻底撕开，它们才会完全崩溃下去。

当小男孩以“泰特莱便当”的花样成功地奔跑，让尚未开始奔跑的成人感到惊愕和恐惧的时候，小男孩就本能地了解了这一点并加以应用。如果你依然还有小男孩的那颗冒险的心，尽管在体重上已经增加了四五十公斤，你也可能敢于像他那样去冒险，为那诞生于美酒般芳醇的空气而兴奋，增添某些趣味。厚约 2.5 厘米的透明冰层，位于冰上的你和冰下的鱼群之间，而那些鱼穿过清澈的深水迅疾地冲刺，你推进的力量在水下产生咆哮声之前它们就逃之夭夭了。因为裂缝从你的脚下开始产生，在你的面前以彩虹的形态左右延展，发出野性的震颤，透过整个湖泊表面的冰层而发出“嗬嗬”“砰砰”的声音。如今，在你的下面，那看得见的湖底一点点地消失，成为一种不透明的状态，而正是那种不透明给予你一种有趣的、小小的、突然的恐惧的喘息。因为你意识到了你可能沉下去的深处，它再度升起来迎接你，在这里，你可能需要加倍努力，获得更多的推力，前往浅水处，因为你知道那里的冰层更厚。

因此你前行，始终前行。重溯你所划出的痕迹并不明智，因为那些不得不让你通过、然后又相互紧紧抓牢而把你托起来的冰晶，此时可能已经无法承受第二次冲击了，而你停下来也不明智。体积和运动给了你动力，你获得了陀螺仪的某些模糊的稳定性。你倾向于继续停留在你的运动面上，尽管冰本身有力量托住你的一部分体重。因此野鸭以强劲有力的划动来反复击打空气，在冰上滑过去，被同样模糊的力量所托起。冰只需一会的工夫就破裂了，冰让你穿过它掉下去。在你掉下去之前，你就越过了那块破裂的冰，而踏上了另一块未曾裂纹的、冻结的冰。

随着明媚的太阳升起，白天稍微暖和了一些，但是，一夜的霜降却再次深深地咬紧大地，第二天早晨，冰的厚度几乎就是以前的两倍了，在我的体重可能施加到它上面的任何力量之下，冰层不会破裂。即便是这两次冻结都很薄，但第二次冻结所形成的冰比厚度相同、单单一次冻结的冰层要强劲。正如在往昔的日子里，英国制弓者常常把一小块枪木（lancewood）和一小块紫杉（yew）粘合在一起，而将两小块相同尺寸的木材粘合在一起，就可以制作出一把更为强大的弓，其强度远远超过了仅仅用一块相同尺寸的木材制成的弓。

此外，这样形成的冰也要光滑得多。即便是在最寒冷的天气中，从冰面产生的蒸发作用，也没有干预水位的起落。蒸发的晶体逐渐磨损了那些压纹。冰不是黑色，而变成了灰色，其整个结构中带有无数的气泡。明媚的太阳照耀在第一次冻结的冰层上之后，你始终都会发现这些气泡的存在。我想象，那些冰晶在阳光下会形成微小的取火镜，因而在其自身的体积内部产生细微的融化，融合的蒸气产生了气泡，要不然就可能是两天前的北风吹来的充满水的空气，开始从溶解中如此逃逸。

在我抵达湖泊之前，是适于溜冰的正午天气。天空云层密布，疾风再度尖颤地吹奏起笛子，附近下着暴风雪，湖泊空寂而孤独了。我以为那里除了我自己就再也没有其他活着的动物了，而就在那时，一个熟悉的嗓音发出的第二声鸣叫传了过来，我相信自己听见了那声鸣叫，但又禁不住有些怀疑。接着，我当然就停了下来，凝神谛听那吹来的风声，结果听见那野性而孤独的啸声中有一半是叫喊，那种声音在音阶的第五步上开始，滑向八度音阶的顶部，然后滑向上面的第三步，我惊愕地听见了那个声音。湖泊覆盖着新结的坚固的冰层。我感觉有些奇怪：一只潜鸟（loon）为什么会栖息在那外面的冰上，朝我大声鸣叫呢?

当我徒劳地搜寻之际，出现了一阵短暂的沉寂，因为一场暴风雪最初撒下的雪花正在染白空气，使得遥远的湖岸模糊不清。然后，那只潜鸟再度鸣叫起来，几乎是在跟谁推心置腹，嘶鸣声却令人愉快，那是一种“谁—谁—谁—谁”的声音，就像是震颤的提问、怪异的笑声，或者像一个痛苦的音符，最适合于聆听者的大脑。

那个嗓音来自湖泊孤寂的中心，在那个地点，一只就像潜鸟的野鸟不得不停下来，发现自己距离所有它曾经频频前往的湖岸最远。朝着声音传来的那个方向，我迎着疾风溜冰过去，但一阵雪花吹进我的眼睛，我几乎什么都看不见了。

突然，就在我的右前方，传来一声野性的叫喊，单单在那个潜鸟发出的音符中，就混杂着沮丧、绝望和挑战的声音。却如此清晰地表达了出来，使得你必定会辨识出它们，然后又传来一声迅速的溅水声，而就在此时，我差点就溜进了冰层上一个直径大约有 3 米的洞孔。

于是我知道发生了什么。原来，一只翼尖被某个拙劣的射手所击伤的潜鸟，在湖泊冻结起来之前就落进了湖泊，就被困在这里。无疑，它能够像曾经的那样善于潜水和游泳，却无法飞起来离开湖水。因此，当湖泊开始冻结的时候，它就在自己这场输掉了的搏斗中干着自己唯一能干的事情，那就是当冰开始形成的时候，它在水面寻求最有利的地点，在冰层上开启一个洞孔，竭力不让其封冻。我能看见它第一夜和第一天的避难所——一个大约直径有 4.5 米的圆圈。然后，在第二次冻结之夜，它不得不缩小这个距离。那厚约 76 厘米的新结的冰显示出了它的内部防线，那条防线在更大的圈子内部精确地镶边，显示出很多的溅水痕迹。我认为，在它彻夜维持洞孔开启的勇敢的搏斗中，那些痕迹就是它绝望而拼死地用胸膛对付洞孔封冻的结果。

没有人类的干预，它可能会勇敢地面对大自然的力量，避免它那不断缩小的圈子不致冻结，这样的行为当然会依赖于天气。如果天气不太严酷地持续下去，那么它就可能继续生活在那里，直到其受伤的翅膀完全愈合，并且能够再次奇迹般地振翅，安全地飞翔在天上。寒意和冰冷的水都不会给它带来麻烦。潜鸟可以从马萨诸塞的南部到这个国家南方的任何地方过冬，并且强壮而健康，对于冬天毫不畏惧。但是，人为因素进入了这个场景，会威胁到它的生存，因为下一个来到这里的人看到它，就很可能回家取来鸟枪朝它射击。

正当我密切地注意这一切时，一颗小脑袋便出现在池潭的水面上，接着又传来一声报警的尖叫，但它在一瞬间溅起水花就消失了。我观察到那只鸟儿在 40 秒之后才重新浮出水面。这一次，它几乎完全升向水面，发出一种作战时的呐喊，然后又潜入水中，在水下待了整整 70 秒。只要我一动不动地伫立在一段距离开外，它就会从水中冒出来，但在水面上停留的时间绝不会超过几秒钟，而它待在水下的时间也长短不同，从半分钟到 85 秒不等，而它每次入水之前，都要发出那种极度悲伤而奇异的鸣叫。

然后，我就溜冰离开了那里，回家去取照相机。大约 45 分钟之后，当我重返的时候，我在远处就看见了它，因为那时风雪几乎已经过去了，视野很清晰。它也看见了我，并潜入了水中。我滑上前去，跪在那个洞孔的边缘上，准备在它重新浮上来的时候对准它拍照。它在水面水平地栖息了 1 秒，表面上根本没有注意到我。然后，我试图调节相机焦距的动作惊扰了它，它便发出一声野性而悲哀的鸣叫，那声音似乎还混杂着恐惧和挑战、悲痛和成功。紧接着它就带着活力和决心重新投入水下，那样的活力和决心让它深深地潜入冰层下面，它那有蹼的大脚以巨大的跳跃来驱动它的身体，看上去犹如青蛙游动一般。

我看见它从洞孔飞也似的离开，一路拖曳着气泡前行。我跪着等待，一边观看，一边屈指计算，1 分钟、2 分钟、5 分钟……积雪再次厚厚地合拢，北风唱起一曲悲伤的挽歌，我立即意识到自己永远拍不到那张照片了。相反，我跪在一个北方的野性精灵的临终之床边——它也许故意采取这样的方式，来结束这种不平等的奋争。

潜鸟不认识陆地。即使它把巢穴构筑在水边，它用翅膀和嘴喙还有脚笨拙、尴尬地爬向巢穴，它也对陆地感到陌生无比。空气和水就是它的家园，而水又远比空气重要，它熟悉水下世界，也熟悉水面。我永远不会知道我所观察的那只潜鸟在冰层下面逃逸得如此之远，使得它无法找到归途，它的力气是否因此而耗尽了。因为我知道那只潜鸟难以驾驭而无所畏惧，从而倾向于相信它故意选择死在家里，死在它所热爱的寒冷的深处，而不是回到它那不断缩小的冰层圈子，在那个可怜的避难所来面对我——那个跪在水边的陌生动物。

第 4 章　冬日寻蕨记

Winter Fern-Hunting

瓦苇卷曲而起，表面上只有干枯的组织，然而，只要让骤雨——哪怕是最短暂的骤雨降临，你都会看见它们原本卷曲的身体会立即舒展开来，迎着微风而扬起复叶，继续像那些生长在它们下层平面的邻居蹄盖蕨一样快活。

1909 年，这个新年的春天，聪明的日历创造者将其设置在春分开始的时候。比如说在 3 月 21 日，但善于预测天气的人都知道，在那个日期，马萨诸塞东部依然处于冬天的奴役之中，在他们看来，春天肯定要到一个月之后才应该来临。

然而，日历创造者和善于预测天气的人其实都错了，如今我们只需走进树林，就能证明这一点。实际上，春天已经来到了这里。它将要以一千种形式来表现自己的新生命，已经在萌发和生长的，而且它的很多部分的生长都始于前一年的 8 月下旬或 9 月初。从北方吹来的风可能会延迟它的生长，但只需南风轻轻地一触，它便会再度开始行动起来，深厚的积雪会降临并掩埋它，但这对它有莫大的帮助——如此一来，那来自北极的寒潮可能在它头上吹上好几周，却也永远无法触及它的皮毛。

很多吃苦耐劳的春天小植物率先开放，但并不是开放在我们倾向的 4 月，很可能是在 1 月，尽管那时它可能位于厚约 60 厘米的冰雪之下，任何活跃的动物都看不见它的身影，但它也的的确确存在着。仅仅在我自己的花园之内，我就知道了一场1月下旬的解冻融化迅速带走了深厚的积雪，将其展现出来——那在一层形成拱顶的冰壳下开放的“女士们的宠爱之物”。温暖的雪毯厚厚地铺展开来，把那些在秋天长大的花蕾有效地保护了起来，使其隔绝于60厘米之上的零摄氏度气温。下面泥土中蕴藏的温暖不仅经历了霜降，还在积雪下面融化出一个小小的洞穴，在那里，那些吃苦耐劳的植物回应了已经深入它们内心的春天的脉动。

就这样，尽管周边的环境很少像我们在冬天那几个月里注意到的那样，但繁缕（chickweed）全年都在开放。偶尔，獐耳细辛（hepatica）在拥抱的积雪之下睁开它那怯生生的蓝色眼睛，在适合出门的暖和天气来临的时节，读到关于蒲公英（dandelion）在12月或1月开放的新闻报道，则已是司空见惯的事情。在其他冬天，这些花卉也会开放，但积雪覆盖了它们，让人根本无法看见它们的身影，因此需要一场解冻来清除地面上的积雪，它们的风采才会展现出来，完美地呈现在你的眼前。

偶尔获得一个犹如我们刚刚才度过的绿色圣诞，当然美好无比，因为在这样的时节，我们可以走出户外，前往田野，认识到春天并没有撤退到巴哈马群岛[①]（the Bahamas）那样遥远的南方，而仅仅是撤退到了土壤之中。从那里，在任何一个阳光明媚的日子，

---

① 位于大西洋西岸的一个群岛，为联邦制岛国，地处美国佛罗里达州以东，古巴和加勒比海以北。

春天都充满了温暖的颤栗而悄悄移动。如果我们要找到它所存在的正确之处，那么我们就需要久久地寻觅，去发现那围绕我们的 4 月。尽管那些地方可能是湖泊上厚达 25 厘米的凛冽刺骨的冰层，冬天的大衣成为普遍盛行的衣物，但春天也确实存在着。

今天，我就发现了年轻而茂盛的植物，它们显得翠绿而多汁，属于在我附近并不常见的两种蕨类植物，我以前从未意识到它们会生长在那个位置。在夏天普遍展现的绿色中，我还常常穿过它们来来往往，却未曾注意到它们的存在。但如今，它们的色彩在它旁边盛行的褐色和灰色中间凸显而出，栩栩如生，犹如 6 月牧草地上的黄色花朵。

然而，在我习惯前往的很多地方，我徒劳地寻找我所熟悉的那些更大的蕨类植物。沿着源泉顺流而下，有一个特别的地点，那里的黑色腐殖土成为柔顺的泥炭藓（sphagnum）的垫子，轻柔地向上倾斜到枫树下面更为坚固的地面上，直到那些枫树让路给更为干燥的山坡上的桦树。在这里，鸵鸟蕨（ostrich fern）整个夏天都挥舞着它那两米多长的复叶，在沼泽那飘散着麝香气味的薄暮中，呈现出羽毛一般的美。

这样的情景仿佛就像是巨人在玩羽毛球拍，将 100 个羽毛球一一击打出去，落到山鹬（woodcock）出没的隐蔽处的土地上。它们纠缠的复叶是高高扬起的下巴，你一路艰难地奋力穿过它们的木质叶柄，那些叶柄曾经一度如此强劲而粗壮，根本无法渗透。如今，它们消失了，它们的存在几乎没有留下一丝痕迹。到处都有那些易碎的褐色之茎，它们稍稍冒出泥土，如果你在落叶间仔细搜寻，你就会发现它们为来年而萌生的根茎末端，一束束密密匝匝地盘绕在那里，准备好了在恰当的时候伸展开来。

从这些生长物上面，根茎朝着四面八方迅速萌发纤细的地下使者，从那些地方将长出新的植物。但对于这一切，人类的肉眼都看不见。那曾经繁茂的密丛的唯一提示物，就是那些易碎的褐色之茎，它们依然从落叶中到处突出。

很难看见它们去了哪里，但无论如何，某种对于蕨类植物的超自然品位一直都存在。莎士比亚曾经这样说过："我们有蕨类种子的证据；我们无形地行走。"为了人们使用这种证据，到了仲夏节[①]（St. John's Eve）的时候，人们一定要把种子包裹在一块洁白的餐巾中，口中还念念有词，适当背诵某段咒语。在仲夏节，荚果蕨（Struthiopteris germanica）会结出许多种子，这就恰好应和了这样的仪式。这样的情况肯定也成功地使用了旧时的咒语，因为所有聚集在沼泽地，羽毛般翠绿密集分布和纠缠的巨大的羽毛球，此时都消失殆尽了。

于是，我前往另一片潮湿和多荫的林地去搜寻，整个早春时节，那里的地面都呈现出一派温暖的略带粉红的褐色，展现出舒展的羊齿卷牙（fiddlehead）的绒毛。稍后，那种褐色的地面便

① 北欧国家的传统节日，每年 6 月 24 日前后举行。

被一层叶片所铺盖，隐藏在肉桂蕨（cinnamon fern）和绒假紫萁（interrupted fern）年轻的复叶构成的精致的花边图案中。到了鸟儿的筑巢时节，黄林莺（yellow-warbler）会翩然飞到这片林地，寻找这些柔软的绒毛带走，作为筑巢材料。对于黄林莺，这种绒毛非常适用，很容易被压成一团，犹如毛毡，十分柔顺，立刻可用且持久耐用。当肉桂蕨生长到任何尺寸，它就拥有一个桩头，而这个桩头几乎就像树木一样，充满了木质，而且十分坚韧。就其叶柄木质的活力而言，它那强劲的复叶仅次于鸵鸟蕨的复叶。当然，这些复叶会持久地生长。然而，在这片蕨类植物曾经聚集的树林里面，你看不见一种蕨类生命的形态。就像鸵鸟蕨一样，在最初的寒风吹来的时候，它们就把自己的种子倾注到了自己的头上，低声念着恰当的咒语。我很愿意去这样认为，在这一切发生的时候，这样的情况就会立即发生，因为在整个秋天，我都穿过这片林子来来往往，在那个区域到处出没，我无法回想起它们最初消失的那一天。我应该注意到它们的那种逐渐发生的崩溃和腐朽。

沿着湖岸，一丛丛高贵紫萁（Osmunda regalis）也确实同样在到处生长。这种蕨类植物被正确地命名为“高贵”，伫立在1.2~1.5米的高贵之美中，在水边俯下身子，赞美它们的二回羽状复叶所呈现的那种优雅。而在其最高的那根茎上，结出了一簇簇孢子囊，看起来就像是长着羽尾的花卉所展现的长穗。难怪这种在英格兰很常见的植物也吸引了华兹华斯[1]（Wordsworth）的关注，他这样说道：

那株高高的蕨，
多么庄严，以奥斯蒙德女王命名。
在格拉斯米尔海滩的隐居处，
比在希腊小溪畔的水中仙女，
还要美丽的植物。

王紫萁（flowering fern）也得到了正确的命名，但是它开了花，又消失了。我发现它呈现的所有高贵之美，都只是单单一根茎，在纠缠的褐色叶片和沼泽禾草中间，带着孢子囊而高高并坚硬地挺立着。

接着我又寻找球子蕨（sensitive fern）。这种蕨类植物具有纤细、爬行的根茎，可以萌发出单独的复叶，其木质要少于任何其他蕨类植物，我开始怀疑它可能完全消失了，它的营养叶的确消失了。在秋天它们完美地纠缠之处，它们已然没有踪迹。但对于它那肥沃的茎来说，这并不是真的。这些茎到处挺立着，就像王紫萁（royalfern）的茎那样，承受着它们那闭着口的孢子囊，呈现出深褐色，而且僵硬，高高地挺立在枯叶和其他易脆的一年生植物之上。

---

① 19 世纪英国浪漫主义诗人（1770—1850），于 1843 年成为“桂冠诗人”。

这一切都让人对追寻蕨类植物有些沮丧，于是我转向铁杉（hemlock）遮蔽的北部山丘陡峭的侧边，确信那里生长着一种吃苦耐劳的蕨类植物，无论北风会如何吹来凛冽的寒意，它都不喜欢隐身，而是迎风挺立。直射的阳光始终不会触及这座山丘。它所在的位置如此之深，以至于唯有仲夏时节的正午阳光才会高高地照耀在它的斜面之上，而浓密的铁杉叶簇则将其遮住。在铁杉投下的浓密的阴影中，林地的草丛不会生长，只有在距离山岭顶上的不远处，才会有一些阳光投射进来，蔓虎刺（partridge berry）和鹿蹄草（pyrola）到处点缀，匍匐着蔓延而下。然而在这里最浓密的区域，圣诞耳蕨（Christmas fern）在狂欢，抛起它的复叶，从这个地方的深绿色微明中，这些复叶似乎获得了某些深色之美。到了春天，这些蕨叶以不同的程度竖立而起，但秋天则似乎给叶柄下部的蜂窝状结构带来了变化，并将其削弱，因此这些复叶平展地落到泥土上。然而，它们并没有因此丧失那种坚固的结构或色彩，气温始终如此之低，积雪始终如此之深，它们不再经历变化，直到来年春天，复叶健康地生长。有时候，即便是在仲夏，你也会发现前一年留下来的复叶，它们因为年久的生长而有些受到真菌的妨碍，变得暗淡，但依然翠绿。

在这片铁杉林更浓密的区域，尽管圣诞耳蕨紧紧地依附，而且不曾铺展到这座山丘其他区域更开阔的林间空地上，却也没有其他的蕨类植物生长。另一座北部山丘的陡峭度相似，却被生长的古老松树所遮蔽，一天中的大多数时候会有一些阳光过滤下来。

圣诞耳蕨（Polystichum acrostichoides）的样本仅仅生长在它那最隐蔽的角落，它们似乎并没从那些角落开枝散叶地扩展开来，甚至不会在相同的斜坡上扩展到附近更为明亮的地点。由此我推断，这种植物特别偏爱阴凉的环境，即便是在偶然出现的阳光下，它们都不会繁荣兴盛。

然而，就在这第二座山丘的底部，一股凉爽的泉水开始出现，在斑驳的阴凉处潺潺地流出来。就在这里，我看见了一丝更淡、更可爱的绿色光亮，就像是一丛丛圣诞耳蕨上面的某一道阳光所留下的斑纹，我为此而靠近它走过。接着，由于我从来不曾见过这种蕨类植物生长在阳光的光斑中，我就朝它走过去，却发现自己偶然巧遇了一群刺叶鳞毛蕨（spinulose wood fern）。相比圣诞耳蕨的复叶，刺叶鳞毛蕨的羽毛状复叶则没有显露出多少冬天的影响，即便是凛冽刺骨的霜降也不曾让它们有丝毫萎缩，也没有任何那样的暗示——那是一种褐色的暗示，可能随着叶片的成熟或体液的干涸而呈现出来。

犹如其他蕨类植物一样，它们的叶柄底部也遭受了因为缺乏生理组织而招致的痛苦，但是小羽片、中脉和叶轴都翠绿得柔和、清朗，仿佛它们处于夏季的太阳十足的温暖之下。由于叶柄中缺乏生理组织，它们就平躺在地面上，却依然显得很美，也许比它们挺立在夏天的时候更美，只是被树林的其他绿色生长物所遮蔽和隐藏。我知道，去年夏天，我就在距离它们一两米的范围之内一次次践踏而过，却丝毫没有注意到它们的存在，而今天，我大老远就看到了它们的身影，即便是在久久地仔细审视之后，我还赞不绝口。

就在这片沼泽下面更远之处，鸡冠鳞毛蕨（crested shield fern）沿着泥炭藓而平躺着，而且时常跟泥炭藓冻结在一起，从远离我的地方，一片片这样的蕨类植物不断引诱我。我只是在返回来再看一眼时，才猛然发现了它所展现的最美之物，即在附近，被更年迈的复叶尖所部分荫蔽，种类相同的年轻植物正从原叶体阶段推进，拥有一两片微小的复叶，就像其亲本植株的复叶，长度却仅仅在 5~7.5 厘米。

与成熟的蕨相比，这些蕨类植物如此微小，却又如此笔直、充满自信，如此清新而翠绿，非常活跃。尽管一夜又一夜，它们周围的气温都远远降到了冻结点之下，但它们的根须也伫立在冰里，丝毫不畏凛冽的风霜，以至于你仅仅是为了去看看它们的情况，也很值得前往探究一番。以前的好几个夜晚，它们周围的气温都在零下 10 摄氏度左右，而它们软弱的生理组织究竟是怎样抵抗寒意的，我根本无法作答。霜降最轻微的触及也会杀死那些巨大的、表面坚韧的肉桂蕨和鸵鸟蕨的复叶，然而这些小小的植物鸡冠鳞毛蕨（Nephrodium spinulosum）十分优美。它们的微型复叶呈现出脆弱的花边网络，在深深的、连续不断的寒意前面丝毫不曾枯萎或退缩，就像它们同类中年长者的茎一样，直立着，样子冷淡，表面上看起来与世无争，渴望静静地生长。

如果我们必须说点什么，我们就可以说那完全是一种青春的魔术，每年春天，这种魔术都会创造出上百万个奇迹，却不会予以任何解释。比如，当草香碗蕨（hay-scented fern）在系统的条件下枯萎成了干枯而崩溃的碎片，这些蕨类植物为何还如此强壮而健康，而且生机勃勃？对此，我也无法作答。

最后，我想起了在那些沿着峡谷一路下行的岩缝中生长的瓦苇（polypody），便前去看看它们怎样生活。对于这些小伙伴，这可是很艰难的一年。在夏季漫长的干旱期间，在那些焦灼的日子里，每一次肯定都会持续好几周——它们的根须依附在岩石缝中，完全依赖于雨水和露水湿气，因此其干枯到了叶尖。岩石那非常的热量本身就是易燃物，而太阳的暴晒不仅会蒸发掉所有的湿气，热量还会整夜整夜存留在岩石中，如此一来，就阻止了任何露水凝结在它的上面。

在正午，我看见瓦苇卷曲而起，表面上只有干枯的组织，再也不可能有绿色生命对之进行灌输。然而，只要让骤雨——哪怕是最短暂的骤雨降临，你都会看见它们原本卷曲的身体会立即舒展开来，迎着微风而扬起复叶，继续像那些生长在它们下层平面的邻居蹄盖蕨（lady fern）一样快活——在溪流溅洒的水滴之中，那些蹄盖蕨的小羽片不断闪忽，它们的根须沐浴在浅水中。

夏天的力量肯定削弱了它们。难道它们就是那冰冷的寒风触及之际枯萎的种类？那消失在蕨类种子魔术中的种类？事实并非如此。它们的根须所生长的黑色泥土显现的细缝，被霜降冻得黝黑，而且坚硬无比，但在凛冽刺骨的寒风中，瓦苇却快活得就像在夏天柔和的空气中，呈现出翠绿色，迄今没有像圣诞耳蕨那样受到冬天的伤害。

当我凝视它们的身形，赞美它们的坚韧和勇气之际，我抬起头来，目光在上面高高的岩石处捕捉住了一点绿意，于是在这次冬日寻蕨之旅中，我发现了我不期而遇的第二种蕨类植物。因为从那里的一条裂缝中，垂下了那种圆形、呈现精美的圆锯齿状、深绿色的复叶羽片——铁角蕨（Asplenium trichomanes），铁角凤尾草（maidenhair spleenwort）。

在很多个夏日，我都坐在那块突岩上，聆听小溪沿着峡谷发出不绝于耳的潺潺之声，观看豆娘（demoiselle fly）那来来往往、妖艳迷人的身影，沿着溪流迅速飞来飞去，而蜻蜓却以阳性的直率到处疾飞。瓦苇肯定常常将种子撒落到我的头上，我敢打赌，它们用来祈求的那种魔术，肯定不是为我而创造的，而是为上面那无形的小小的蕨类植物而创造的。因为它为这个冬日保留了一个绿色的圣诞周，从而向我展示它那脆弱的美——在冬季的天气中，那种美依然呈现着翠绿，依然不曾受到打扰。无须其他证据，我也无法拥有任何如此美好的东西去证明：在冬天来临之前，春天的的确确就在这里，尽管凛冽的寒意和深厚的积雪可能会妨碍它，却无法阻止它达到圆满之美和成熟的巅峰。

第 5 章　隆冬蓝山记

The Bare Hills in Midwinter

它们满怀周密计划和协同作战的美好热情，朝着山岭一步步推进而来，却如此突然地止步了，以至于你依然看见它们迈着壮观的步态，仿佛一只脚还停留在空中，寻找那应该把它们带到山岭之上的阶梯。

接近早晨，那南方之雨停了，它那倾盆的降水量成为1月雪融的高潮，在那追随大蓝山[1]（Great Blue Hill）的温暖的沉寂中，那山冈似乎像一朵巨大的马勃菌（puffball），从潮湿的薄暮生长到黎明时更干燥的上层大气之中。伫立在它那球状的圆顶上，你只有一种感觉，那就是因为它而受到了向上和向东的摇摆，去迎接光芒。在这样的时候，地球围绕其轴心的旋转就变得如此真实了，使得你想知道古人很久以前伫立在山顶上是否会发现这一点。当然，他们当中的登山者肯定是知道的。

过了一会儿，天文台那带有垛口的城堡主楼就越来越清晰，赫然逼近，你开始注意到脚下灰白的泥土的其他细节。南风吹过来，给你短暂地带来并留下百慕大群岛[2]（the Bermudas）的空气，你

---

① 在美国马萨诸塞州，海拔194米，位于波士顿市区西南方15公里处。

② 位于北大西洋，为英国的自治海外领地。

只需要凭借鸟鸣快乐的吵闹，就认为此时是6月，而不是1月。相反，这里有一种毫无声息的沉寂，它融为一体。破晓时，在金色光辉中呼吸这种柔和的空气，似乎这座山冈的整个顶部都保持着沉默。它知道。

当白昼渐渐明亮起来，你就能看见那些小小的胭脂栎（scrub-oak）簇拥着丛生，它们把顶峰的高地变成了自己的家园，让自己蜷缩、安顿在一起，接受那冬天命运的耐力考验。就在南方之雨持续之际，它们对其敞开了心怀，但它们知道在雨水消失的那一刻，自己要期待什么。早在想起天文台之前，它们就从蓝山顶上研究过天气情况。

所有的树木都热爱山冈，但只有极少数树木才有坚忍不拔的毅力，才能忍受冬天时山冈的严酷环境。你能看见山核桃和铅笔柏（red cedar）从四面八方群集着，渐渐爬上陡峭之处，而就在你注意胭脂栎怎样让自己变得紧凑之际，你还会看见那些铅笔柏占据了岩石边缘，就像在因克尔曼①（Inkermann）战役中，那排成细细的红色队列的苏格兰高地居民。它们全都因为不懈的努力斗争而变得矮小、残废，一直到它们似乎与冲积平原上那些快活、纤细而轻快的铅笔柏相去甚远。你能清楚地看见它们在这里咬紧牙关，坚持不懈地生长。

---

① 黑海克里米亚半岛的一个地区，1854 年，俄军和英法联军曾在这里进行过一场大战。

然而，它们热爱自己紧紧地把握了好几百年的岩石，但遗憾的是，死亡最终会分开它们。在蓝山的南缘附近，有一些铅笔柏从灰白的花岗岩中长出来，这让我想起，当巴塞洛缪·苟思纳[1]（Bartholomew Gosnold）——这个涉足马萨诸塞土地的第一个英国人踏上海岸的时候，它们就在那里了。这样的时代，不属于那些在高地边缘上设法高出一头的山核桃，然而它们也丧失了自己身子的苗条。寒意和山顶的风常年压制着它们，最终把它们变成那种身子粗短的大头矮树。

如果我们从山底开始，我们就会更了解其他树木究竟是怎样攀登这座山冈的。相比其他的日子，这一天更能让我们仔细地查看它们的情况，因为南方之雨扫走了所有的积雪，让地面裸露出来，给我们留下了足够的空间。这里的气温属于南北卡罗来纳，而不是拉布拉多，因而成为我们在 1 月通常会经历的一部分。确实，阳光明媚的平原从南部的岩石斜坡底部伸展开去，从那里，你能看见那些纤弱而欢乐的植物，看见它们最活泼地向上攀登之处。

黄色的假毛地黄（gerardia）显得很健壮，其中一些高达 1.8 米，在那肥沃的黑色腐殖土中生长，而那些腐殖土则穿过乱石堆，一路向上迈步、铺展。从 8 月开始到霜降初次侵染它们的这段时间里，它们一直在山核桃、栗树、枫树和白栎（white oak）下面扩散着阳光，似乎将其从金色的碗里倾泻出来，打碎成那随之而来的秋

---

① 英国探险家（1571—1607），曾对马萨诸塞一带进行过探索。

麒麟草的花朵的薄雾。尽管这些假毛地黄已经干枯了，但在整个冬天，任凭强劲的大风吹击和深厚的积雪覆盖，它们都无畏地伫立着，勇敢地高举着它们那褐色的种子荚，在凛冽刺骨的大风中，那些种子荚露齿微笑，散发出它们那糠一般的微小的种子，让其高高地飘浮到山坡上面的不远之处。很多个世纪以来，它们都一直在从事这样的工作，任劳任怨，但是，它们当中只有极少数攀登得很远，然而它们如此热爱这座山冈，因此它们顽强地依附在自己占据的地面上——相比在不那么崎岖、粗糙的土壤上，它们在那里生长得更加旺盛。

这座山冈上，最粗糙的突岩朝着南方醒目地突出，对着太阳露出花岗岩的侧翼，使得这一边几乎完全成了岩石峭壁。然而在这里，高地的铅笔柏却选择了以大批行动的方式向上攀登，用赤褐色和橄榄绿来呈现出彩色的格子状，在那些似乎只有气生植物才可能找到的营养物之处，它们凭借脚尖而顽强地依附着。无论在什么地方，只要山岭的斜坡稍有崩溃，只要它们赋予黑色土壤更好的立足点，山核桃就会生长在铅笔柏的侧面，但其他树木都小心翼翼，不敢这样生长在光秃秃的花岗岩峭壁上。

说来也奇怪，随着山核桃一路向上，那些紫色的林地禾草（wood-grass）也派遣出侦查小队到处出击，它们肯定最热爱多沙的平原。但在这里，它们却渐渐向上攀登，从而占据了突岩间那些微小的高地，朝着山岭而涌现，其边缘则常常围绕着山蔓越橘（mountain cranberry）呈现出略带紫色的绿色。在冲沟底部，枫树开始攀登，然而它们并没有长久地持续下去。赤栎（red oak）和白栎赢得了更高远的地位，却总是在抵达冲沟顶峰之前就停下了脚步。

靠近蓝山顶峰高地的东部界线，从美丽的艾略特纪念桥[①]（Eliot Memorial Bridge）上，从一条狭窄的沟壑朝东南方俯视到一条宽阔的山谷，你可以瞥见奇妙的景色，从那里再看到一种白冰的光亮，那即是霍顿湖[②]（Houghton'sPond）发出来的。你看见，光秃秃的树木不再相互掩藏，却大规模地进行侧翼运动，朝顶峰挺进，在更为宽阔的高地山谷中群集，收缩成巨大的栗树群对着冲沟上面疯狂地冲击。这些栗树似乎不曾根深蒂固地伫立，它们左摇右晃，似乎在疯狂的激动中欢呼、挥舞旗帜，在绝望又充满希望地冒险。当然，它们一动不动，但完全就像天才人物赋予雕塑的那种壮观的步态，给山岭上风景优美的地点增添了传奇。然而，从来没有一棵栗树把自己的顶端高高地托举起来，超过冲沟的山岭。它们满怀周密计划和协同作战的美好热情，朝着山岭一步步推进而来，却如此突然地止步了，以至于你依然看见它们迈着壮观的步态，仿佛一只脚还停留在空中，寻找那应该把它们带到山岭之上的阶梯。

就这样，长期劲吹的北风把它们阻止在那里，把它们的顶端阻止在山岭边缘的水平面之上够远的地方，从而让它们免遭北风不断吹击带来的伤害。你最清晰地看见，它们一步步爬下那道小小的

---

①② 地名，均在蓝山上及蓝山附近。

冲沟，来到那些生长于岩石间最潮湿的沃土中的鳞毛蕨（evergreen wood fern）中间，那可是唯一的绿色痕迹，除非你碰巧遇见某些瓦苇——似乎是从岩石本身长出来的瓦苇，情况才有所改变。

就在栗树中间，随着树林那小丑般的魔术，外貌再度发生了变化。正如你从上面看见它们的那样，那些大树不再固定于那种朝着壁垒不顾一切地拼死冲锋的姿态中。在它们当中，它们似乎是喝得醉醺醺的酒徒，选择了这条隐蔽的小峡谷作为狂欢之地，就像是笨拙的伐木者围绕着小峡谷而旋转，跳起大脚舞。一棵独自伫立在平原上的栗树，外貌犹如乡村族长一样庄重而威严，而在这里，栗树们一起簇拥在平坦、肥沃的林地里面，整洁而又几乎像贵妇一样雍容尔雅。在蓝山顶峰东边的小峡谷中，为什么这些树会在笨拙的骚动中跳跃，我不得而知，也无法述说，但是它们似乎的确呈现出这样的姿态，而且，我还不是唯一见过这种场景并为之震惊的人。

就在附近，生长着一群山毛榉（beech），它们犹如女学生一般，身材非常笔直而苗条，皮肤白皙而暗淡。这些树木靠在一起，颤栗着聚集成一群，显示出女性尊严的征兆，非常年轻而又相当蛮横。它们窃窃私语，尽力让自己显得高挺而又非常纤细，早在你抵达它们之前，你在大老远就能听到它们的嗓音发出那种愤慨而干燥的裁剪之声。无疑，它们想让整个峡谷都属于自己，在此进行适当的野餐，在野餐上享用洋李干和泡菜。在这里，这些伟大的伙伴行为如此不端，这是一件羞耻之事，公园警察应该出来予以制止。

在它们愤怒的撤退中，这些山毛榉如此地结上冰霜，使得它们的枯叶发出冰冷的低语，听起来就像是迅速下落的冰雨。当你在山上临近，在它们中间悄悄移动，你就闭上眼睛静静地聆听吧。这一天可能就像一个冬日那样，阳光明媚而温暖，但是你会认为自己听见了雪花迅速飘落，还会遗憾自己不曾戴上皮毛围巾来保暖。

至于那些栗树，我怀疑它们依然在冲沟下面的寂静中非法畅饮山露。确实，在这条花岗岩山脉的顶端中间，泉水是不可能喷涌出来的。然而，在大蓝山和汉科克①（Hancock）更小的山嘴中间，泉水可以自由自在地喷涌而出，它们的湿气是从小湖凉爽的深处吸取来的。南方的太阳照射到那些小湖之中，北风和西风被花岗岩山岭挡了回去，如此一来，这些湿气就成全了各种树林生物和牧草地生物——它们渴望不断攀上山峦的高处，为它们进行拉力赛创造了有利条件，然而，它们却无法忍受顶峰严酷的环境。在这条山脉的高处，这样的小湖共有3个，相互距离几乎只有一箭之遥。水从周围的突岩渗出来，这可能说明了它们的水流，但是我更倾向于，正是那些隐藏在山冈脊椎里的裂缝，能让水从地下深处涌到地表。两个小湖的边缘，成了一簇簇绿蔷薇（greenbrier）快乐的家园，它们犹如繁茂的热带植物环绕着小湖而蓬勃地生长，用多刺的缠绕物将灌木丛束缚在一起，因此，如果要穿越这些缠绕物而前往水边，几乎是不可能完成的事情。美国梧桐（buttonball）

① 地名，均在蓝山上及蓝山附近。

和高丛越橘（high-bush blueberry）随着它而生长，伸出一根根枝条，作为它那菝葜（smilax）一般的装饰物；庄重而秘密的金缕梅（witch-hazel）在这里沉思冥想，四处潜行，无论在何处，只要头上的叶簇很浓密，足以构成它最喜爱的那种神秘的微光，都有它的身影存在。它在栗树的阴影下漫步爬上冲沟，你只能这样想象：对着那些女学生般的山毛榉的狂欢及其一本正经的愤慨，它露出了讽刺的微笑。很奇怪的是，那些红花槭（swamp maple）不适于伫立在山顶，当你伫立在它们下面，它们就会在黄昏中到处闪烁起灰色的光亮，要不然，当你从悬崖上看着它们的枝条末梢，它们的面颊就在明媚的阳光下泛红。这是一座风景如画、拥有 3 个小山嘴的山峰，位于大蓝山和汉科克之间，尽管那些小湖上的冰层洁白、坚固而结实，但在正午的阳光下，它受到了如此的庇护，又如此温暖，因此你只有通过观察天空，才知道现在是冬季。

我认为，从那些悬垂于霍顿湖上的山嘴和湖泊那边，从汉科克之南更小的山冈顶峰上，你才能获得欣赏大蓝山最佳的视野。在那里，你看见森林覆盖的山坡宏伟地扫掠上去，从而形成这个宽阔的高地山谷，在那 3 个小湖所在之处带着褶皱而稍稍形成了皱纹，然后再度沿着这座山冈陡峭的侧边升起来，那种形象最为庄严。在一年中的这个时候，这里展现出一大群宽阔、庄严而光秃秃的树干的灰白色，在其中，岩石山岭朦胧、模糊地伫立在更纯粹的色彩之中，而与此同时，到处都有大片大片簇拥的细枝让它呈现出紫色。你看得见崖壁上的黑色阴影——那条小峡谷就在那里，栗树就在小峡谷中尽情地玩乐。在下面，靠近那3个小湖最高的那个湖泊，微微溅洒着一道美丽的白色，其中又完全充斥着粉红色。这体现了一群年轻桦树生长的位置——在这条山脉的高处，它们可是稀罕之物，是我发现的仅有的桦树。

正午逝去了，南风为我们带来的那种亲切的温暖也随之而去。北方的微风没有嬉戏、喧闹，它们里面却散发出一种强烈的气味，撕碎了那些在大蓝山顶峰之上迅疾地飘进视野的云朵，推动深蓝色的影子越过风景呈现的温暖的灰白色。在这条山脉的每一座顶峰上，太阳和风在继续进行古老的战役，互有胜负。攀登汉科克的南坡，让人难以置信这是冬天。你可以随意选择，在高地的顶部左右逢源，让自己置身于两个季节中的任何一个季节，然而伫立在悬崖边缘，你毫不怀疑那道悬崖面向北方。在这个方向，从你的脚下一直到山脚，的的确确是冬天。然而，这里有整条山脉上最翠绿的地点。于是，我不顾危险，攀援着爬下崖壁，用双手触及浓郁的绿色植被，来到崖底，伫立在茂盛的植物中。因为在这里，你就来到了蕨类植物的聚会之地。

崖壁处于一个仲夏日子的正午，细微的阳光触及这道崖壁。整个冬天，光线都没有直射着触及它，然而在寒冷的薄暮，瓦苇一直沿着山岭的顶峰而群集、簇拥，滴落着、舞蹈着蔓延下来，朝着邻近的蕨类植物伸出手——为了迎接它们，那些蕨类从下面潮湿的阴影中欢乐地爬上来。那些蕨是鳞毛蕨。在较低的林地冻结的黑色沃土中，它们茂盛地生长。在向上延伸的岩石嶙峋的斜坡上面，它们抓住每一个对自己有利的突出之角，不断铺展它们浓郁的绿色，使得灰色岩石的格子状和褐色的叶片显得斑驳。在悬崖与乱石堆相遇之处，这两种蕨类植物结合，亲如兄弟，瓦苇与我经常见过的不同，此时它们距离悬崖更远，而鳞毛蕨则生长在岩缝中，那些岩缝则比我所知的任何地方都要纤细、光秃。

从汉科克返回大蓝山的途中，太阳从所有小小的沟壑中消失了，在我刚刚离开的那道悬崖上，蕨类植物结成花的阴影透露出了寒意，似乎一直伴随我而行。小小的冲沟里面，特别黑暗而又寒冷，我抵达这座大山冈顶峰时已经太晚，已然看不见太阳了。那里，拂晓呼出春天的气息之地，夜幕在冬天之风的撕咬中不断颤栗。上百万次电光的闪烁朝着北方撕裂开了紫色的黄昏，但是，即便是在那些闪烁融合到城市光亮之中的时候，它们里面也没有一丝温暖。随着夜晚的阴影，冬天残忍的把握力压制了山顶，正如我了解了早晨金色的光辉一样，我也再度了解了这是隆冬。那些被暴风雨变得坚韧的矮小灌木丛，似乎稍稍更靠近那异常坚硬的泥土而蹲伏着，它们那被霜降冻得僵直的细枝，在凛冽刺骨的北风中歌唱。此时，我感到了彻骨的寒意，便渴望踏着响亮的花岗岩，走上回家的路。

第 6 章　一月观鸟记

Some January Birds

那一天，山雀显得非常快乐，它们组成一小群，从一棵树欢快地翻飞到另一棵树，动作笨拙却愉快地忙碌着，连续不停地捡拾食物，尽管几乎不可能看见它们究竟获得了什么食物，但它们也一直在那样忙个不停。

这个冬天，我们的命运似乎是在1月的脸上不断露出4月的笑容。北风一次次降临到我们身上，对着所有如此的愚行露出它那异常坚定的面孔。草皮变成了燧石，在湖泊和溪流上，冰层厚达20厘米，而也许在第二天早晨，这样的情况就会转变：柔和的空气就会吐露出春天的气息，蓝鸲（bluebird）不以为然地鸣啭，仿佛快乐地置身于这里，但又因为发现如此不合时令而羞愧无比。当然，某些蓝鸲实际上一直留在这里，跟我们一起过冬，但不会在一阵阵北风的呼啸中快活地鸣啭出那种"O"音了。在那些日子，你必须前往浓密的常青植物里，在那些逗人喜爱的隐蔽之处去寻找它们的身影，它们不可能置身于密集分布的雪松（cedar）中间——在那里，蓝色的雪松浆果依然甘美可口，而且异常丰富。但是，在1909年的这1月里，我们感到了呼唤，至少对那些人造的鸟巢盒子或老苹果树上的洞孔投去匆匆的一瞥，正如人们在一个温暖的星期天，飞快地旅行到夏天度假的小舍。蓝鸲们知道自己不能停留，但仅仅是对那些可能成为其巢穴的地方进行检查和有所打算，就令它们很愉快了。

我认为，尽管乌鸦是古老的冬季居民，颇能吃苦耐劳，但它们也有几分相似的冲动，想去筑巢，相互暗送秋波、窃窃私语地对话。今天，在一小片牧草地的树林中，在每年都有若干对乌鸦筑巢的松树顶端，我就听见了乌鸦的那种准确无误的音符。在那支伟大的所罗门之歌里，在那首整个户外世界都会在春天满盈的潮汐中齐声合唱的歌里，乌鸦无疑担任了低音部，尽管如此，它们依然唱得美妙悦耳。令人惊讶的是，在情侣之间，一声呱呱的鸣叫会变成什么。

当我接近的时候，我看见它们羞愧地悄悄溜走了，我知道，它们还是些半大雏鸟，羽毛尚未丰满，比如说还处于高中生阶段，对于它们，害羞的做爱绝不会那么不合时宜。但是，就在它们飞出小树丛的时候，它们遭到了报应，因为它们刚一出现，迎接它们的便是一阵野性而沙哑的“哈哈哈”的合唱，那也是乌鸦发出的——在高高的空中，有 6 只与它们的年龄相仿的乌鸦雏鸟不停地骚乱着飞翔，在松树的上空拍动沉寂的翅膀，盘旋又盘旋，一直在观察它们，无疑还在咯咯叫唤，相互眨眼示意，既然那些犯错者被驱赶到了大家都能看见的开阔地，嘲笑的合唱自然也就无限地响亮了起来。这种讥笑的声音，明显得就像那种表达爱抚的声调。为了深入了解它们究竟在说什么，你只得聆听这样的声音。

乌鸦的语言只有一句话，类型上就是呱呱声。但是，它们的声调变化和音质就是这样的：易于表达原始情感的全音阶。

在夏季的很多鸟儿，其冬天活动范围都几乎没有把我们包括进去，在这个冬天，它们似乎比通常更为普遍地存在。这样的情况可能与这个温和的季节有关，但同样，更为直接的原因也有可能是因为这里有充足的食物。这一年，那些以种子为食的鸟儿特别幸运。树林中，我不知道桦树在哪一年的冬天结出过如此丰富的硕果，累累地缀满了枝头；我也不曾注意到还有哪一年像这一年一样，有这么多群歌带鹀（song sparrow）。我发现它们快乐地鸣啭着，一路穿过树林，以那种根本不像雀鹀的姿态而悬挂在桦树纤细的嫩枝上面，忙忙碌碌地采食悬垂的球果中那些细小的种子。你知道，歌带鹀在夏天是一种姿势非常挺直的鸟儿，它栖息在雪松或浆果丛的某一根最高的细枝上，扬起歌喉，倾涌出牧草地上最令人愉快、最悦耳动听的家园之歌。要不然，它或许会翩翩飞翔，那些通常短暂而经常重复的副歌，似乎被它的翅膀所发出的拍击声打破，成为一曲更长、更柔和而且更丰富多变的歌，这种歌里几乎没有挑战，更多的却是美妙的内容。在它的冬天音符中，在那种愉快鸣啭的音符中，我始终认为自己稍稍听见了这种羽翼之歌所拥有的圆润的品质。

今天，我看见一只纹腹鹰（sharp-shinned hawk）在无声无息地捕猎，可以想见，它无疑是在捕猎这些雀鹀。这只鹰就像一道紧张不安的岩灰色闪电，在树梢间迅速掠过，又如此迅速地消失不见，因此它以一个我永不会看见它的锐角转身，我也不曾听见它的翼尖羽毛抵抗空气时发出的声音。虽然这种鹰因为偶尔捕食鸡而闻名，但我们的大多数鹰是捕猎耗子和蚱蜢的能手。纹腹鹰是一种名副其实的捕食鸡的鹰，因为它吃掉的鸟类比其他鹰都要多，尽管灌木丛中的小鸣禽在它的食谱上占据了较大的部分，但它偶尔也会捕食鸡来换换口味。尽管在夏天，它的巢穴在林中腹地很常见，在它那奶油般的浅黄色的蛋上面，点缀着巧克力一般的褐色斑点，但是在冬天，我很少看见它停留在这里。正因为歌带鹀这种鸟类食物跟我们待在一起，享受温和的天气，因此我认为，大量的歌带鹀和其他多汁的精美食物的存在，才使得纹腹鹰乐意在它度过夏天之处过冬。

所有这些敢于尽可能靠近北方过冬的鸟儿，似乎都像在 4 月一般的日子里出来了，感到振奋，但是，这显然是 1 月的日子里，你很多天穿过树林漫步，却也可能看不见一只鸟儿的身影。扑翅鴷（flicker）是一种跟我们待在一起过冬的鸟儿，相当常见。在 1 月温暖的雨里，你常常会惊讶地看见它在解冻了的田野上到处漫游，在残茬间寻找那些冻僵的蟋蟀、部分隐藏起来的蛴螬和蝶蛹。就让飘雪降临吧，就让风从北方吹来吧，就让扑翅鴷从风景中消失吧。扑翅鴷仿佛进入了一个洞孔，让它那 36 个绰号统统都跟随它而被吸进去，它如此彻底地消失了。这是一种强劲的飞鸟，我始终愿意认为，在这样的时候，它就在北方吹来的大风之上高高地盘旋，从不歇落，直到它距离南方几百上千公里的时候，才会歇息。它能易如反掌地做到这一点。当新英格兰被覆盖在厚约 90 厘米的积雪下面，零摄氏度大风使得积雪更深地漂流，冻结树林中每一棵树真实的心之际，扑翅鴷就会发现弗吉尼亚那潮水般的乡野，在那光秃秃的地面大快朵颐，饱餐一顿。

可是就在前几天，我在探访一棵古老的苹果树的空洞的时候，捕住了一只正在休息的扑翅鴷。那棵树上有一个口子，其面向南方，正午的阳光带着那种提神的温暖照射进去，深入内部。在这里，这只扑翅鴷完全避开了北风那凛冽的撕咬，让自己深深地躲藏起来，充分享受那阳光明媚的隐蔽处，几乎就像鸽子在城市檐口的直角中获得的享受一样。但是，它的情况又要好于鸽子，因为就在那构成其隐蔽处的腐木中，有不少肥硕的蛴螬存在，因此它无须离开自己的寄宿处外出去辛苦地觅食，就可以填饱肚子。其实，我们的树林中布满了这类旅馆，而就在我们粗心地漫步而过的同时，在那些旅馆里遮风躲雨的林地动物比我们所了解的事情要多得多。

但是，在连续不断的最寒冷的冬日，如果蓝鸲和扑翅鴷把自己安全地隐藏起来，歌带鹀甚至还有乌鸦很容易渐渐稀少下去，被寒意抑制，当然就像我这片树林中的案例一样，那么在这样的时候就会有其他的羽族出现。它们似乎在寒意中显得愉快，但绝不像在天空阴沉、北风撕咬、霜降来临时那么欢快。此时，暴风雪让它们那种寂静的飞翔穿过上层空气，因为天气寒冷得过于凛冽刺骨，不会真的下雪。在这些鸟类当中，山雀无疑具有领导地位。在光秃的嫩枝上，寒意绷紧的雪晶发出叮当声，奏响美妙的音乐，而当它们一听见那种音乐，似乎就显得如此欢乐。

尽管今天的天气为了装扮自己而穿上了柔和的衣服，但仅仅在3天之前，树林那巨大的风琴吸入了北风，仿佛透过松林而呼吸持续音，在栗树的细枝中吹送尖颤的声音。其实还远不止风琴音乐。白栎和赤栎，依然牢牢地紧握着褐色的叶片，发出百万次响板一般精致的咔嗒声。风就像一把柔软的弓，越过桦树那更精细的弦而绷紧，因此在所有纤细的嫩枝中间，你听见了一把缄默的小提琴发出这种精美的音调，唱出小小的欢乐之歌。因为树木被冻结了一天而悲哀，第二天又解冻了。它们认为，当寒意持续不停、积雪深厚之际，真正的冬天就即将来临了。所有在北方生长的人都热爱真正的冬天，如果我们没有得到与生俱来的权利，我们就会感到自己被骗取了那种权利。

最奇怪的当属山毛榉。它们将浅黄褐色的叶片沉降得更低，整整一个冬天，雪花都在跟它们窃窃私语着什么。无论这个日子怎么样，你都不得不闭着眼睛伫立在它们中间，你听得见山毛榉说给雪花的窃窃私语，那种声音到处“滴答、滴答、滴答”地作响。看起来好像是雪花正在开始飘落，山毛榉从未说出一句话，只是缄默地伫立着，观察飘雪的来临，聆听所有其他树木奏响的音乐。或许，它们是在聆听某种更精细的声音。仅仅是在它们那入迷的沉寂中，我才认为自己听见了那种声音。风不时屏住呼吸，栎树叶片发出的响板停止了，然后我会在一秒之内对此确信、肯定，那是一种如此模糊的小精灵发出的叮当声，如此精细的游丝，因此相比一个念头，它不亚于一个声音，当那些羽毛般的雪花在霜降般锐利的空气中触及又分开，雪晶就在雪晶上面鸣响发声。那种声音无疑就在那里，山毛榉树听见了它，迎着那个声音屏住气息，伫立在庄严的欢乐氛围中。

那一天，山雀显得非常快乐。每6只山雀组成一小群，从一棵树欢快地翻飞到另一棵树，动作笨拙却愉快地忙碌着，连续不停地捡拾食物，尽管它们从粗枝捡拾到粗枝，几乎不可能看见它们究竟获得了什么食物，但它们也一直在那样忙个不停。冬天是山雀那样的鸟儿进行社交活动的时节，对于那些追踪这个季节而从缅因的树林一路南下的红胸鳾（red-breasted nuthatch），它们则敞开胸怀，欢迎新来者加入自己的行列。在发现食物之处，山雀会做出愉快的努力来获取，展现出某些令人惊讶的杂技般的技艺，但是，它们始终都显得很笨拙，以至于你会认为它们立即会折断脖子。而鳾这种鸟儿则完全不同，它们会让自己的身子倒转过来，把背部朝向地面，沿着一根粗枝的下侧不断奔跑，就像它沿着粗枝的上侧奔跑那样得心应手。它们从一棵松树光滑的树干上下来的时候，头朝下，就像松鼠一样，它的脚似乎可以倒转，就像夹子一样依附在自己愿意涉足的任何地方。它们无疑是跟在山雀后面，那忙碌的小脑袋一直在到处戳动，动作错综复杂、敏捷活泼，那纤细而锐利的嘴喙不断收集食物，但你同样看不见那些食物究竟是什么。它们一边进食，一边谈话，发出一种离奇有趣、高声调、懒洋洋的鼻音——“伊那、伊那、伊那”，一会儿之后，这种声音便会让你不安，你乐于看见它松开它那个颠倒的支撑点，在空中做出一个后空翻，飞到一段距离开外，在另一棵树上歇落下来。我认为，正是从对鳾的仔细观察中，斯托克顿[①]（Stockton）才无意间获得了他对负引力的概念。如果我卑鄙到要对鳾开枪的话，那么我很快就会看见它头朝上飞上天空，就像掉到大地上一样，对于在严格意义上得到公认了的那种普遍的重力，它通常都如此不顾后果，而且充满挑衅。

跟这些变化的扭动者相比，那种相当正经而又挺直的鸟儿，是我在这些冬日的探险之旅中出现的第三个快活的伴侣——绒啄木鸟（downy woodpecker）。要发现它，可并不像发现另外两种鸟儿那么容易，因为它能更深入、更艰苦地工作，当它依然还在钻动和注视之际，另外两种鸟儿就很可能轻浮地迅速飞走。然而，相比其他鸟儿，你可以在更远处就听见它的响动，它在工作的时候，你不太可能轻脚轻手地悄悄凑上前去观看它怎样进行啄木工作。它一本正经地直立在某个腐朽的树桩上，把僵直的尾羽刺入那腐朽的树桩，以便让自己保持稳定，它的脑袋驱动它那钉子一般的嘴喙，不断轻轻地叩击，就像忙碌的木匠用锤子频频击打，而且很快还会加速，直到其嘴喙几乎达到电动蜂鸣器那样的效果。然后，它用一只眼睛庄严地注视它所钻出的洞孔里面，又热切地戳动，拉出一条肥硕的白色蛴螬，一口吞下去，像蛤蟆一样跳到树桩上

---

① 即弗兰克·R·斯托克顿（1834—1902），19 世纪美国作家。

面进行探索，以期寻找更多的可能捕捉的虫子。或许，当它从一棵让它愉悦的树上迅速颠簸着飞下来，它恐怕还在空中潦草地写下“女士”的字样。

因此，在冬日凛冽刺骨的寒意中，尽管这三群鸟儿相互没有一片羽毛接触，即便是没有完全心满意足，它们也似乎显得愉快而勇敢。它们都是出生于洞孔和挖掘洞孔的鸟类，当夜晚袭来降临到它们身上的时候，它们就非常了解自己要到哪里去找到能防风的空心树干，在哪里过夜，在那样的地方，它们可能会依偎在一起，圆满而温暖地缩在自己蓬松的羽毛中，直到黎明呼唤它们起床，再次开始工作。

然而，随着对树木的所有想念，随着林地动物对积雪所期待的欢乐，这样的情况并没在暴风雪中结束。太阳整天都苍白、黯淡，透过霜雾照射下来，在冰冷的风触及之下，霜晶突然从霜雾中冒出来，在你的眼前发出清脆的声响，变成了雪花。风把一团蓬松的羽毛吹扫在角落，但在夜幕降临之际，月光透过更为清新的空气和接近零摄氏度的气温而照射下来，那些晶体便开始蒸发了，到了早晨，它们几乎没有留下一丝痕迹。今天就像 4 月一般，明天的零摄氏度气温天气可能重新降临到我们身上，在这些话被印刷出来之前，也许那被渴望的积雪将会来临，用它那善意的掩蔽覆盖牧草地和林地，遮蔽那些多么需要它的多汁的绿色之物。

可是很奇妙的是，它们究竟怎样去抵抗冻结和解冻，而又保持翠绿，结构牢固、健康。空中之鸟拥有羽毛，它们可以让其蓬松起来，使其变成毛茸茸的一团，成为度过冬夜的覆盖物。在这里的松林中，有一丛丛梅笠草（pipsissewa）用它那浓郁的绿色点缀着地面。从表面上来看，它充满了色彩和体液，就像在 7 月它那蜡一般的芳香满溢的花朵，点缀着绿色和粉红色。它的绿叶的肉体组织的细胞不曾遭到破坏，叶片表面也不曾失去光泽。它的心皮枯萎了，伫立在一根干枯的花茎上，代替了花朵，却独自显露出冬天和夏天的差异。然而，它赤裸地伫立着面对北风，既没有羽毛也没有皮毛的保护。谁能告诉我，它究竟是凭借什么原理而如此存留下来的呢？不远处，巨大的栎树那皮革一般的坚韧的叶片开始枯萎、变成褐色的时候，为什么那叶片很薄的鹿蹄草和蔓虎刺，即那匍匐爬行的小小的藤蔓，却依然显得翠绿，丝毫没有受到霜降的伤害呢？

在霜降的触及之下，一株植物中的叶绿素、蜂窝结构和维管束枯萎会失去色彩变成褐色。而在距离它不到 3 米远的另一株植物中，这些要素却竭力抵抗着我们北方冬天的严酷环境,在春天萌发而出，表面上不曾受到伤害，适于继续进行植物生命的内在结构，直到萌发出新叶来取代其位置。然后，在初夏温和的空气中，这些冬天的挑战者才会隐退、死亡。就在这里的沼泽中，那坚韧的、木质的九尾鞭（cat-o'-nine-tails）一直到它高约 1.8 米的梗茎末梢都呈现出褐色，犹如纸张一样；在它的旁边，那高约 30 厘米的蓝鸢尾（blue flag）变成了褐色，枯萎下去，然而，那种生长在两者之间、力量还不及这两者的十分之一的匍枝毛茛（Ranunculus repens），其年轻、柔弱的叶片却依然柔弱、年轻、翠绿，不曾受到任何伤害。前两者已经在霜降的触及之下死了，而毛茛（buttercup）的叶片被冻结又解冻了多次，不曾受到什么伤害。

你可能会猜想，沼泽的水中拥有一种万能灵药，能拯救铺地黍（repens）的生命，但鳞茎毛茛（Ranunculus bulbosus）——铺地黍的欧洲表亲又怎样呢？那种植物生长在多沙的山坡上，在第一次严酷的封冻来临之际，它旁边的木茎的秋麒麟草就倒毙、干枯了，呈现出褐色。自从那时以来，即便是它那在其白色的小球茎下面延展的根尖，也多次被冻僵。然而今天，在微笑的太阳下面，我发现鳞茎毛茛的年轻叶片翠绿、多汁，它们的蜂窝结构也未受到伤害，因此我确信，它们将在积雪下或裸露的状态中存留下来。在它们如今耐心等着那句话的地方，那是在一个黄色花蕾从那个白色球茎中向上推动的时候，视具体情况而定。为了找到形态中的某些细微的变化，我们的植物学家勇敢地进行研究，在他们研究这些习性和结果的变化的课本上，他们可能会再增加一个拉丁学名，并告诉我这么做的理由。我将乐于购买更多植物学书籍，但迄今为止，在这些书籍的书页中，我尚未读到对于这一谜团的任何解释。

第 7 章　当飘雪降临的时候

When the Snow Came

在无声无息的寂静中，我们所期待的风暴的黄昏隐隐地降临到我们身上，细小的雪花如此迅速地悄然飘落下来，以至于它们那幽灵般的手指在我的面颊上触摸，让我首先知道它们真实地来临了。

好多天来，我都不曾看到我的朋友棉尾兔（cotton-tailed rabbit）的身影了。迄今为止，它在整个冬天都频频出现在它那小小的夏季营地上，那个地方位于这座山丘的南坡上，非常接近山顶，在赤栎中间。在那里，在细小的下层林木和褐色的树叶微微的纠缠中，它以一根倒下的树干作为头上的掩蔽物，在中午之前的任何时候，你都可以找到它。它隐退到这个地方，践踏一阵之后，便舒适地蜷伏起来，一直到它的身体呈现出一个舒适、安逸的浑圆形状。仅仅比其本身要大一点，就在太阳可能温暖它之处，等到它昏昏欲睡的时候，它可以把身子栖息成褐色的一团，把脚塞到毛茸茸的皮毛下面，把耳朵收起来平放在背上，在梦幻似的满足中半闭着眼睛打盹。

我可以在小径上悄悄走上前去，有时候在它看见我之前观察它一秒，但仅仅是一秒。紧接着，它那强劲有力的后脚就猛然一蹬，击中那距离它温暖、舒适的寄宿处大约 1.8 米的泥土，随即发出一声重击，便迅速离开，它那关于野苹果树多汁的树皮的美梦，还有关于冬天树林中其他美食的美梦，也就随之而消失了，随着更多的重击声响起，白色尾巴上下摆动，它在一瞬间就闪电般地跑到了视野之外。它的身体上下摆动，不断发出重击声，就像你在森林中惊动一头鹿的时候，那头鹿也会采取同样的行动，以同样的方式挥舞尾巴的白旗。这两种动物都会颠簸着身子跑开，犹如紧张的小妖精，尽管森林中的鹿应该是形态优雅的，我不可能看见它。受惊的小鹿和受惊的小兔都渴望转入那种优雅的状态。

我们刚刚拥有了真正的冬天的某些触觉，这些触觉将棉尾兔送到了它那位于地洞中的隐居之处。在那里，它缺乏太阳赋予的那种健康的温暖，真是这样的，但在那里面，它毕竟避开了严寒，在霜线之下感觉暖和、舒适。树林中的大多数野生动物就像兔子一样，似乎都以欢乐的哲学来忍受飘雪的降临，但我确信很少有动物会喜欢雪，因为积雪会遮盖动物们所需的食物，如果积雪很深，或者积雪表面有一层坚硬的外壳，使得它们难以突破去觅食。那么积雪长久持续的存在就意味着食物短缺，甚至还意味着饥饿和死亡。松鼠们原本在空洞的树干中贮存了一些食物，在任何季节，这些食物都可供不时之需，但到了冬天，它们的很多贮存的食物都被匆忙地掩埋在褐色的树叶下面，而太深的积雪会将其严严实实地封闭起来，使得它们无法取用。狐狸也如此，它们必须漫游到更远处，更加准确无误地发动突袭，捕捉田鼠（field mouse），而这种鼠类是狐狸的面包和黄油。在通常的情况下，田鼠在自己的隧洞中吱吱尖叫，忙于自己的事务，狐狸可能根本无法将其逮住。此外，花白旱獭躲藏起来逃避冬天，臭鼬断断续续地打盹，食物供应严重不足，这就让它们饥肠辘辘又迟钝。当兔兄弟（Brer Rabbit）的敌人——冬天和严酷的天气降临到它们身上的时候，即便是野兔，在很多天之内也不会走出洞口，到外面去冒险。

然而，在牧草地和林地上，如果飞禽走兽没有机会去热爱积雪，那就跟户外世界的树木、灌木和其他柔弱的植物相去甚远了。这些植物满怀热爱和信念来想念积雪。此时，它们连续不断地谈到积雪，每种植物都发出自己独特的声音，大森林中的栎树具有坚定的公民发出的愉快的沙沙声，小胭脂栎具有本性谦虚的人发出的闲聊声。让风吹向北方或南方，吹得更高一些或更低一些吧，让松林对着同样的副歌哼唱或咆哮吧。然后正如爱默生[1]（Emerson）所说的“被天空所有的喇叭所宣告”那样的事情就来临了，然而那些喇叭缄默，无声地吹奏。你的眼睛看见它们的繁荣，嘴巴也许吹送风暴浓郁的色彩。你能看见它在天空上，感到它那不同寻常的空气在你的脸上轻轻触摸，然而，到达的预兆迫使你确信它的时候，你无法辨识风究竟是吹向北方还是南方。风暴可能就像一只迷途的羊羔，沿着山坡咩咩叫，或者在顺利地行进之后，在无限的天空的冲撞中，

① 即希腊神话中的奥德修斯，特洛伊战争中的希腊英雄，著名的木马计便是他的计谋。

咆哮于高高的天空上，但在它开始之前，这无声无息的短暂的停顿，始终处于一阵风的寂灭和另一阵风的诞生之间。

因此，这第一场雪就降临到了树林上面。在期待的宁静中，存在着某种敬畏之感。树木感到它，差不多就像我的感受一样，无声无息地伫立和期待。代替那些清晰地界定的云朵，因为一个出自未知空间的精灵，因为那个精灵朦胧而灰白的存在，整个空气似乎都激动不已，我们可以希望它能行善，但我们对于它并非就没有畏惧。因此，在无声无息的寂静中，我们所期待的风暴的黄昏隐隐地降临到我们身上，细小的雪花如此迅速地悄然飘落下来，以至于它们那幽灵般的手指在我的面颊上触摸，让我首先知道它们真实地来临了。在我头上，那些松树的粗枝捕捉住了这些最初的雪花，亲切地维护它们，在经过很多次爱抚之后，就让它们溜过自己的手指滑落而下，很快，透过整个松林，你都能听见一种细微的叹息，那声音是一种满足的咕噜声，在携带着很多雪花的北风最初发出的微弱呼吸中，它都存在。

飘雪就这样来到了树林。在若干个时辰之前，你就能预先看见它的预兆在天空上变得阴暗，在醇厚、寂静的空气中闻到它的气味，在你的面颊上感觉到它的触摸。当我从松树下面那个空间的阴暗中走出来，我就发现空中到处弥漫着雪花，那些小小的精灵从北方旋转而下，把田野染得一派洁白。

田野上，当你伫立在风暴中央，你就有机会看到它的一些色彩，因为飘雪毕竟只是相对洁白。朝着松林那浓密、黝黑的叶簇观望，你就能看见它呈现出最佳状态，尤其是在它越过风而飘落的时候，因为在此时，对照最为鲜明，色彩最为清晰、明显。每一片单独的雪花都如此清晰、如此洁白，有别于你附近的那些雪花，它们急速向东飘去，仿佛非常匆忙，前往远处那从容不迫地飘落而下的雪花。再次迎风仰望那灰白的阔叶林，你就会发现那些飘落的晶核的秘密，它们几乎就像它们部分遮暗了的树林一样灰白。但是，如果你看见了黑色的雪，那你就不得不对着铅灰色的天空抬起眼睛——当你从下面观看雪花，它们就从天空中以黑色斑点的形态飘浮，只有当那些斑点躺在你的脚下，它们才会抹掉自己。在深深的树林中的开阔地，当你仰望之际，你依然能够更明确地看见这样的情况，一种在你的四周飘落的黑雪，因为某种与大地接触的奇迹而变得洁白无瑕。

在深深的树林中，你也能听见雪的呼喊，而那并不是飘雪来临时欢乐的树木之歌，而是雪花本身发出的嗓音，它们在触及叶片或嫩枝之际，便会发出细微的尖声叫喊。松树举起欢迎的手臂，紧紧搂住它们而且不让它们离开，尽管树上的每一根粗枝都被积雪重压，但它们也对着这些松树低语，喃喃地诉说着一个轻微的词语，那个词语柔和地咕咕作响，在任何语言中，它无疑都是“爱”一词。在一场暴风雪中，松树粗枝下面很温暖，这不足为奇。当你伫立在大树下面，它们就闪烁着幸福的光亮，它们愉快的光辉就过滤下来，落到你的身上。雪花似乎不太喜爱阔叶的枫树的那种裸露、光滑的嫩枝，当它们经过之际，它们仅仅给予这些树木轻拍和一句问候的话，它们就随随便便地触及桦树。尽管如此，在牧草地雪松（pasture cedar）那精细、锐利的三叉戟中间，它们就像在松林中那样，稍微有些逗留，尽管在这里，它们的歌仅仅涉及快乐的友谊，甚至带有某种关于它的诙谐、打趣的内容，它们也会停留一阵。在雪松中间，它们群集着，逗留了片刻，但常常会突然显示温和的欢乐，以空白的沮丧让自己从树上摇落干净，随后，它们更多的伙伴会前来取代它们的位置。当它们这样做，一种精灵般的笑语带来的微弱的嗖嗖声就会响起，就好像是妖怪们在洁白的荒野中嬉戏、玩闹，发出窃笑声。

然而，在长满栎树的山丘上，这样的情况结束了，因为在那里，赤栎和黑栎（black oak）依然坚决地紧握着自己的枯叶——飘雪在它们上面的叫喊会让你很惊讶。在风中听来，那根本就不是这些栎树叶发出的沙沙声，而是一种大声疾呼，一种咆哮，它淹没了树林中可能存在的所有其他声音。你不可能去辨别嗓音或话语。这仿佛就像是在树林中、田野上和天空中，上万个小小的人突然一起来临，对某种东西激动不已，上上下下到处大声叫喊出小妖精的全音域中所有的激情。我伫立着聆听了一两分钟，就开始左顾右盼，充满期待地看见喋喋不休的小妖精聚集在那里，就在我的耳朵里面相互大声叫喊。在这里，即便是你闭着眼睛，你也能轻而易举地通过声音来辨别飘落在你周围的雪花，辨别它们的性质。每一种雪花都发出截然不同的声调，透过其所有的咆哮，很容易将其辨别出来。在这场初雪的黄昏，碰巧在那带来风暴的北方和南方的气流的相遇中，北风平静了下来，南风则开始再度自行其是。这样的状况最初给予我们一大片密集、沉重地飘落的雪花，这样的飘落似乎带来了一种长满绒毛的空气，遮暗了整个世界。然后，上层空气中的温暖显然因为大片的雪花而得以增强，雪花让路了，一种精细而浑圆的冰雹从天而降。然而，我们确实听到了栎树绒毛中那最令人惊讶的大声疾呼。那些嗓音变尖、变细，在上百万只抱怨的青蛙辽阔的合唱之中，所有噼啪的爆裂声都丧失了，其他一切都不会像它那样发声。这仿佛就像一个小妖精的春季，在栎树林的白色阴暗中突然降临到我们身上，世界上所有的雨蛙（hyla）都从粗枝上吹奏出最刺耳的尖叫声。

我回家了。我认为这正当其时。在古老的乡间，人们曾经常常在黄昏就这样闯入小妖精的行列，当他们从小妖精之地归来的时候，会发现自己已经离开了 3 年，而我并不在意外出了这么长的时间。

在夜间，那冰雹变成了雨水，刚一落下便冻结了起来，到了早晨，地面上到处都覆盖着厚约 2.5~5 厘米的积雪，上面还覆盖着一层结冰的硬壳，刚一踏上去，这种硬壳便在脚下破裂，发出巨大的声响，有效地吓走了你正打算接近的所有林地动物——只要它们能移动，闻声后就会迅速逃之夭夭。狐狸或乌鸦，鹧鸪（partridge）或兔子，肯定认为格列佛（Gulliver）再次穿着他那双最大的靴子，行走在小人国[1]的居民当中。在我的树林中，至少从最后的冰冻结

[1] 英国作家斯威夫特的作品《格列佛游记》中，主人公格列佛所游历的一个国度。

成硬壳以来，从来也不曾响起这样的雷霆般的脚步声。在结冰的地面上所冻结的，是动物们在积雪还很柔软的时候留下的踪迹：松鼠那长长的、突进的跳跃，它的后脚落入前脚留下的洞孔之中，让你稍稍会误认为那是鹿留下的足迹，除非那些痕迹退回到树上，你才能确定那是松鼠的痕迹。你看见乌鸦飞落到地面上，拖曳着它那具有贵族气质的长长的后脚趾，其脚爪向内弯曲。乌鸦的脚擅长抓攫大树枝，却并不适合在地面上行走。在另一方面，披肩榛鸡（ruffed grouse）可能在乌鸦的旁边留下了痕迹，显示出一种在林地小径上行走的理想脚印，其后脚趾短而粗壮地钉入地面，显得短而牢固，整个印痕都显示出其脚趾充分地固定在地面上，非常适于在泥土上行走。

在冰上，我发现了这些和更多的脚印样式和模型，但在这些痕迹当中，最让我感兴趣的，还是那些在结冰的硬壳下到处蜿蜒、曲折的隧洞，它们相互交叉、急转折回，无论如何，它们的存在都使得田野和森林的很多区域显得有些特别，看上去犹如白色皮肤上显出的蓝色脉纹。这些是外皮蓬松、短腿、短尾的草甸鼠（meadow mouse）留下的痕迹。这种坚固的硬壳为它们提供了可靠的保护，使得它们在极端的危险降临之前就能从自己的小径上安全地撤离。尽管它们知道哪里的栗子有很多个月都面向天空，但是它们也不敢冒险进入开阔的小径，去获取那些果实，因为狐狸、野猫、臭鼬、鼬鼠（weasel）、鹰、猫头鹰、乌鸦等天敌，无时无刻不密切注视着小径和浓密的草丛边缘，寻找它们的身影，因此，它们必须打洞把自己隐藏起来，要不然就只能面临死亡的威胁。就这样，它们一年四季都在地表之下的泥土中打洞，如果有必要，它们还会优先选择在轻盈的树叶、灌木丛、纠缠的草丛下面打洞，因为在那些地方，它们能够更容易、更迅速地前去获取食物。它们的视力和听力良好，当它们不得不进入开阔地，它们就会飞奔，看上去犹如一道褐色的闪光迅疾地掠过。

如果我想看到它们，那我就要观察那条穿过纠缠的草丛和树叶延伸的小径。在这里，它的隧洞在小径的一边结束，又在另一边开始，当它们感到有必要，便会常常找准机会，越过这个暴露在太阳和天空之下、危机四伏的开阔地，但是，每当它们这样干，就打破了原有的速度。它们如此迅速地奔跑，以至于你无法确定发生了什么：在一边，一片树叶在移动，在另一边，一根草茎在搅动，两者之间，一点褐色的痕迹突然消失，但它们究竟走的哪条路或它们是否走了，都完全令人怀疑。因此，它们的隧洞也通往草甸上的小溪，在水边开启，如果你有足够的耐心，而且有足够的运气，你就会看见它们越过小溪游到对岸。在这样的地方，鳟鱼（trout）和水貂（mink）在密切注意它们的动向。当然，如果它们充分调动自己的谨慎和敏捷，逃过所有这些猎手而幸存下来，那么它们存留下来的数量就会很多。它们确实也很多。它们在两岁时就能开始繁育后代，一个季节就可以产下很多窝幼仔，假如不加以遏制，那么它们的后代很快就会蜂拥成群，这一年，所有的草甸上都会挤满了它们的身影，但是，只有在我们如今拥有的这样一场飘雪来临的时候，我们才可能有机会看见它们在干什么。

在夏季，它们紧紧地依附于自己的草甸，以多汁的根和茎为食。它们特别喜欢野牵牛花（wild morning-glory）那块状的根，它们到处搜寻，将其贮存在靠近自己巢穴的草丛食品库中。它们欢迎积雪，在积雪的庇护之下，不断前往田野远走，它们留下的网状脉络痕迹，有时甚至会延伸到你的房子，尽管它们很少与家鼠（house mouse）争夺壁板，但它们也常常是家宅的不速之客。尽管如此，它们还是会不期而至，我想象，它们会毫不费力地击败它们那更微小、更贵族化的表亲。当它们来临，你通过它们咬啮时发出的那种特别的声响，就知道它们的存在。有一次，一个能咬碎石头的家伙潜入了我的顶楼，依旧是凭借那种声音吵得我心神不宁，在一夜不眠之后，我便将我那只最大的捕鼠器安装起来，试图捕获那个家伙——如果它不是某种新的巨大的啮齿动物，就是偶然来过的最大的褐色老鼠。果不其然，我捕捉住的是一只生长良好的田鼠，随着它的被捕，那种吵人的声响自然也就消失了。

这种雷鸣般的、泄露秘密的雪花之雨，给树木带来了一种可喜的新生。每一棵树从树干到顶端的细枝，都身披着冰晶外衣，看上去犹如帝王一般辉煌。薄暮时分，我逃离了栎树间的那些妖精——雨蛙发出怪诞的尖叫时，我去过小妖精之地。如今我又回到了太阳冉冉升起的仙境之中。端庄的灌木，这一年灰烬中的灰姑娘，受到魔杖的触及，身披更多的宝石长袍，不可能在阿拉伯故事中让最幸运的公主在疯狂的梦中发光。珍珠的绳子和钻石的花彩压着苗条的灌木，几乎将其压到地面。桦树柔软的白色肩头，在令人困惑的屈膝礼中低垂下来，迎着早晨的微风，让风尽情地抚弄，那个球体开始发出宝石相撞的清脆声，因此我随着它的光辉而欣然闭上眼睛。

然后，早晨的太阳如王子亲自来临，同它们跳舞，透过它们的宝石，忽闪它那黄金的纹饰，直到那闪光流露出一阵火焰，淹没视野。当它来到公主们中间，公主们全都开始说话，那像是一种从嘴唇上扔下所有的宝石的言语。钻石突然亮起的光辉从年轻、秀丽的松树上落下来，珍珠的绳子从苗条的桦树那珊瑚的嘴唇上溜走。咿呀的语言使用灿烂的言辞，发出如此迷幻、树林从未见过的仙女的笑语的清脆声，在它们的脚四周落下。在隆冬之夜的月亮下面，那华丽的狂欢无疑聚集了森林中的小动物，但在风暴之后，当太阳照耀到它们身上，它们就永远不能像树木在这个隆冬的白昼那样，显露出如此高贵、优美的光辉。

第 8 章　水貂的猎场

The Mink's Hunting Ground

石蚕从水底收集木头碎片，用它那细丝的经线将其缠绕起来，直到将自己牢牢缠结一般地围绕在一座木头房子里面。没有什么原因会诱使鳟鱼从水底吃掉那些细枝，因此它们就这样忽略了那毫无防御能力的石蚕。

在时钟为附近这一带的冰川而停下来的那一年，我希望我能审视乡间，看见那些在当地叫作“源泉”的巨大的泉水。那一年，多年来越过马萨诸塞东南部的最后一点冰帽终于滑了下来，引发它那充满沙子和沙砾的冰碛混乱不堪，这点最后的冰帽消融了，本来会露出就像它那样的往昔的巨大泉水，在整个地区的土地上，在那布满沙砾的悬崖北部，几乎总是从底下汩汩地喷涌出来，而那些悬崖如此陡峭、壁立，即便是在正午，太阳也几乎无法窥视到上面。今天，它们在这里流淌于同样的神秘中。为什么无论天气炎凉、无论干旱如此漫长或如此严重，这些泉水都会无穷无尽、经久不衰，且如此稳定地喷涌出来呢？为什么它的水温会像其水流一样，历经冬夏都恒定不变？

有时候，我相信水流穿过深深的洞穴一层层地过滤，从那不断更新的遥远的北极冰川流下来。也许更多个数千年季节的变换用腐殖质覆盖了沙砾和沙子，在四面八方种植起一片片森林，还用那没人知道有多厚的大片腐朽的植被形成的腐殖土封堵泉水，而在此之前，也许你需要用更清晰的眼睛才能看见，还会被引向了这些问题的答案。如今，我仅仅知道它们是一片片小块的土地，时光似乎在那里静止了，我们新英格兰树林中那些忘忧者喜欢贪图安逸，栖居在这样僻静的处所，冬天的寒意在它们头上肆虐、嚎叫，却没有降临下来；夏天的暑热围绕在它们身边，却几乎不敢涉足进入它们那凉爽的隐居之处。

在它们附近的山冈上，那不断流转的时光建造起自己的房子，在 3.2 公里之外，货运列车如此强劲有力地咆哮着驶过，以至于那泥泞的深处都随着列车带来的振动而颤抖，你可以跟长满青苔的腐殖土中的山林仙女栖息在一起，到了春天，当汽车和大雁经过之际，听见那种混合了大雁鸣叫的汽车喇叭的声音。然而，这两者都给大地及其居民留下的印象同样多。那些贪图安逸的忘忧者不知道尤利西斯（Ulysses），如果尤利西斯需要将它们作为他前行的船只，那么他就必须采取强有力的方式去捕获它们，将其捆绑在桨手所坐的长椅下面，否则它们就会逃脱。即便是冰帽最后的那些日子里的温度，似乎也纠缠在魔咒中，似乎一年四季都在这个地方，跟那些温和的眼神忧郁地栖居在一起了。仲夏，太阳的暑热投射在布满沙子的平原上，那里颤抖的隐蔽处，温度计可能维持在大约 48.9℃，尽管如此，泉水也依然寒冷，还将其温度传递给小溪及其边界。到了隆冬，水银柱可能维持在零下 6.7℃，一阵阵真正的北极大风横扫下来，冻结了生长在布满沙子的平原上的松树，直到那些松树迸裂开来，而来自那些神秘泉水中的水流，不知出于什么原因，表面始终不会结冰。

我们可能永远都不会知道，这些水究竟是从什么深不可测之处，激发出了它们的那种恒定不变的状态，我们也不会知道究竟是在什么日子里，它们会带着某种新生命形态喷涌而出，而那种新生命会以它们的灵丹妙药为食。今天的严寒凛冽刺骨，暴风雪不时旋动着冲进红花槭，就像金翅雀一样，形成一群又一群的涡流，然而，在泉水涌出的那个最大的池潭表面，却覆盖着新的植物生命呈现出来的那种生动的绿色。凉爽的水面上，千百万个细小的北方生物自由自在地游动，缩小到最简单的形态的植物，也许诞生于下面深处的植物，就像那些——

在那里，阿尔夫这条圣河
穿过深不可测的洞穴流向人类
流向没有阳光的大海

随着水流向上的渗透，它们从那里渗到了我们这片海岸。在这里，没有人发现这些无茎的绿色小玩意儿的种子，它们平躺在水面上，将两三根细小的根毛的微小部分浸泡在水中。

没人会说它们没有花瓣，或者说它们有合萼，或者说它们有孢囊，或者参考它们的开花或结果，从而用拉丁语叫出它们的其他名字，因为我们可能根本不会说它们会开花或结果。这些最微小的浮萍（lemna）没有对我们露出雄蕊或孢子的迹象，也没有露出心皮或囊群盖的迹象，然而它们却以千百万朵的规模繁殖出来，覆盖了春天的池塘表面，从那里，它们又随着涌出的水流而连续不断地启程离开，顺着大人国[①]（Brobdingnag）的激流，快乐地漂向海洋。在一年中的这个时候，上面的天空和位于山坡上面一两米的岸上是冬天，此时，所有的绿色生命似乎都处于生长期，除了那些带着根须，从大地深深的洞穴的魔幻之水中生长出来的植物——它们要么被杀死，要么悬浮着。

它们稍微生长到某个阶段，也许那覆盖水面的植物体积很小，约为一个针头又一半，然后就分裂开来，各自变成长有根毛的独立植物。面对1月的阵阵大风和北方冬天的霜降，它们真可谓异常勇敢。然而，它们就像离开母港的轮船一样，从家园的池潭满怀自信地启航行驶，一路顺着溪流喧闹、嬉戏，让每一个小湾都成为港口，在每一阵漩涡中聚集起一支舰队。当它们横穿在源泉下面、水平面之中和周围蜿蜒曲折的所有道路上，它们在沿途播下了永恒的泉水的什么力量，我们不得而知，我们根本就不知道究竟是哪些带着灵丹妙药的生命，栖居在它们诞生的水域中，然而，有什么东西使得这个地区成为野生生物的安乐乡，使得它们舒适地生活，且流连忘返，毫不在意它们业已消失的同类。

① 英国作家斯威夫特的作品《格列佛游记》中，主人公格列佛所游历的一个国度。

长期积累下来的植被形成了沃土，在夏天凉爽、潮湿的阴影中，更珍稀、罕见的新英格兰兰花从这样的沃土中生长出来，在这里，我们夏季的树林中更珍稀、罕见的候鸟找到了庇护所，并筑巢、繁育后代。到了冬天，披肩榛鸡来到这里饮水，在沙砾中找到食物，这些食物始终裸露在山腰上，不曾被冰霜冻结。在这里，最初渗出的水涌出，披肩榛鸡无疑获得了改变口味的机会——那些生长在浅滩上的多汁的绿色植物，使其胃口大开。在这些披肩榛鸡当中，有一些十分依恋这个地方，我也无法通过惊动它们来将其赶走。每一次我轰走它们之后，它们都只是飞起来，在空中盘旋一阵，接着又飞回到小溪边缘或紧邻小溪的区域。

红花槭在岸上成长、壮大，用渐渐膨胀的根须将土壤高高地抬起来，在高得足以形成微型岛屿之处，水貂挖掘了自己的地洞，从此，它们就前往这个地区到处捕猎，但尤其是在小溪及其支流上，它们的捕猎行为简直可以说是贪得无厌。如果你有耐心而且运气好，风力又恰当，那么在黄昏时分，你就可能瞥见一只水貂昂起它那鼬鼠般的脑袋，伸出溪岸，此时它会仔细地嗅闻微风，搜寻猎物和敌人的气味。尽管它的皮毛实际上带有少许漂亮的褐色色调，但在那样暗淡的光线中，它的皮毛看起来则是黑的，然而，你不会看不见它那从下巴一直延伸到下面的白色条纹。但是，如果地面上有积雪，尽管你可能看不见这种动物本身，你也不会看不见它那抓攫的爪子留下的痕迹，那些痕迹显得苗条，犹如贵族一般，因为水貂是不顾一切的猎手，而且始终饥肠辘辘。它的猎物众多，所有游到它的掠食范围内的鱼，还有乌龟、蟾蜍、蜗牛、毛毛虫，或者它在小溪中所能找到的任何食物，哪怕是稍有可食性的东西，它都绝对不会放过。

尽管这个地区让人入迷，但水貂——这种半水栖生命在这里夺走了其他很多生命，这样的事实不得不令人悲哀；尽管水貂或鼬鼠是皮毛光滑且身形美丽的野生动物，但如果它们先后遭遇不幸，落入设置陷阱捕猎者为它们设置的钢夹，那也是罪有应得，我也很少会怜悯它们。在整条溪流的上上下下，凡是狭窄之处，都安置着这样的钢夹，等待它们踩上去。这就是林中动物普遍的命运，只有最迅疾和最狡黠者才能有逃脱的希望。水貂喜欢吞食鳟鱼，而这些鳟鱼尽管表面上天真无邪，十分美丽，从那个陌生未知的地下世界出现，生活在那喷涌而出的水晶般的水域中，但在平常，这些鳟鱼在捕食时非常贪婪且不负责任，就像水貂一样。不仅如此，当它们也饥肠辘辘的时候，它们会像水貂一样吞食自己同类的幼仔，在那样残忍的盛宴上，还会咂嘴、大快朵颐。

鳟鱼贪婪无比，会吃掉所有看起来在活动的东西，无论是在水里，还是在水面上，只要有一丁点儿可食之物，它都来者不拒，统统不会放过。到了夏天，我通常会以这样的方式来取乐：咬下大块大块的苹果肉扔进水里，观看鳟鱼游过来吞食，那些鳟鱼会狼吞虎咽，大快朵颐，好像突然就变成了喜欢果实的素食者，也仿佛这个新的皈依者充满了对素食的热情。如果不是水田芥（watercress），我就不知道溪流世界里准备的牙买加姜汁酒是什么了。这种水生植物翠绿而辛辣，一年四季都生机勃勃，沿着溪流上上下下发光。也许鳟鱼从我喂给它们的绿色苹果的午餐前去啄食那种植物，从而就让药物用于疾病。

鳟鱼在水中的珍馐美味之一，就是那些小小的、温和的石蚕（caddice worm），也就是那种小小的、犹如粉翅蛾一般的石蛾（caddice fly）的幼虫——在5月之夜，如果你开着窗户，那种蛾子便会迅速飞进来，在你室内强烈的灯光下落到桌子上。石蚕栖居在这些同样纯净的水域底部，为了自卫，抵御并逃脱那些敏捷的捕猎者的双颚，它可谓煞费苦心。它不过是一种爬行的虫子，因此无法依靠速度来拯救自己。它的皮肤柔弱，它没有任何防御武器，除了它的大脑——你几乎不会正确地认为，这样一种卑微的动物竟然会有如此的智力。然而，如果你静静地坐在水边，观察那凉爽的深处所发生的事情，你就会看见石蚕及其同类多么聪明。因为有若干种类的石蚕，它们逃避被掠食的方式有各种各样，在这样的自卫中，它们渐渐变得技巧娴熟。就像大多数幼虫一样，这个小家伙拥有纺织细丝的能力。尽管它编织出一个完整的茧，但这样的行为几乎并不重要，根本无法抵御掠食者的进攻，因为鳟鱼会将它和那丝织的外衣一股脑儿地吞食下去。但是，它所干的事情远比织茧出色，简直出人意料：它从水底收集木头碎屑，用它那丝般的经线将其缠绕起来，直到将自己牢牢缠结一般地围绕在一座木头房子里面，看上去貌似一截细枝。面对那些所谓的“细枝”，鳟鱼根本就没有什么兴趣，如此一来，它们就忽略了那些躲藏在里面的、毫无防御能力的石蚕。石蚕在那粗糙的房子中裹在丝里，温暖、舒适地滚动，小心翼翼地伸出一两条腿来四处移动，背负着那些木头碎屑而缓慢地爬行。另一种石蚕则利用小鹅卵石来代替木头碎屑，为自己建造房子。今天，在一道细小而迅疾的流水中，我从水底拿起一块石头仔细审视，结果发现那上面覆盖着小小的沙砾附着物，犹如藤壶（barnacle）一般，那些小东西犹如帽贝，依附在那块众所周知的、所谓的“石头”上。

我使出了很大的力气，才把那些附着物撬动下来，即便当我撬动的时候，那些细微的沙砾小块——小心翼翼地组合成了一个半球体，也依然留在那里，牢固地连接在一起。那建造了这一构造的小虫子就栖居在那个空洞里面，它的丝网依然让它舒适地待在那座石头城堡中，可以想见，为了保护自己，这种表面上看似盲目、无助的小虫子竟然耗费了那么多心思，这不能不说让人大感意外。更有甚者，这个金刚石一般坚硬的城堡的建造者和铆接者，还把它的丝带挪作他用：它不仅将其用来捆绑石头或者给自己编织丝绸外衣，在溪流底部抵御潮湿天气的侵袭，而且它还是渔夫，会把自己编织的罗网伸展在附近的两块石头之间，或许悬挂在它所栖居的那块更大的岩石上面，让罗网更大的一端形成一个漏斗状，朝着激流涌来的方向，而更小的一端则用丝网封闭起来，完全小心翼翼地展开，以便捕捉那些随着激流被冲下来的微小生物，如此一来，这位罗网编织者，这位城堡建造者，就可以埋伏在那里守株待兔，等着猎物自己送货上门。与那轻快放荡、同类相残的鳟鱼相比，这些建造家园、不喜欢外出、朴素的“渔夫”，过着一种卑微而虔诚的生活，而且获得了犒劳。有朝一日，在泉水衰老之前，尽管依然会有水流循环的机会，它们就会放弃布置自己的罗网，却把房子建造得更坚固，并在里面沉沉睡去。它们醒来的时候，便从水流的漩涡中朝着天空滑翔而去，成为长着毛茸茸翅膀的真正的白色天使，此时，它们将展开翅膀高飞而去，飞向一个新世界，那个世界与它们曾经生活的水中世界截然不同。在它们以前的水下世界，为了逃避敌人，它们不得不把自己捆绑在木头碎屑或花岗石片中，那个狭小的空间就像以前东正教传教士生活的极乐之地，总是避开凡尘，不受打扰。

第 9 章　探访树林的白色世界

In the White Woods

在雪花石膏的穹棱拱下面，小径的白色纸页展开，上面有好几十米的距离都没有动物的脚印留下的记录，于是，这仿佛是一条从一边伸展到另一边的公路。一只动物往往以直线来来往往地走动，留下的足迹呈现出可爱的装饰图案……

雪花从北方飘来，此时的气温仅约 6.6℃，然而说来也怪，阵阵飘雪击中的每一根树干或细枝，都立即变得潮湿、冻结起来。一整天又一整夜，气温都保持恒定不变，但是，在那导致潮湿的雪形成的上面某处，少许温和的气候很快就消失了，冻结的晶体撒了下来，那些晶体里面无疑含有湿气。那些晶体纠缠、混乱，其末端与已经牢固地冻结到树上的晶体末端一起，在整个林地中创造出了一种积雪的生长物。第二天早晨，它还原原本本地悬挂在那里，处于结晶状的寂静状态，犹如这片林地一样，当人们行走之际，他们有充分的理由揉揉眼睛，对周边环境仔细地审视一番，因为他们发现了一个新世界。

这是一个神秘的白色世界，它的内部挤满不堪，它嘲笑所有乔木和灌木苗条地生长，在那种白色的复制之中，它们膨胀了起来。在大大小小的树干北面，再也没有显露出灰白或褐色、粗糙或光滑的树皮，相反，披着蓬松茸毛的白色树干从白色的地面上挺拔而起，不断分叉，形成白色的粗枝，而那些粗枝又再度分叉，形成有力的白色细枝。前天，在冬天树林的优美的暗影中，显现出光秃秃的树木的黝黑轮廓，灰色和黑色的精致窗饰聚集了起来，仅仅作为那个洁白的世界的定义而存在，而那个世界仅仅在一夜之间就降临到我们身上。

因此，在每一棵灌木和树木上，都长出了另一棵灌木和树木，那是它的伙伴，准确地复制了其线条和曲线，只是在尺寸上更大，膨胀起来40倍！这巨大的粗枝和细枝封闭了所有的远景，以前在某些地方，你很容易透过树林观望，灌木在你的视野中形成了栅格，根据其生长的程度，用灰色或粉红色或褐色软化了中景，而如今，你的凝视则纠缠在一个狭窄的洞穴中，那个洞穴装饰着密密麻麻的扶壁和栏杆柱，也装饰着凹槽饰纹、中楣和平缘，还装饰着壁炉架、花边、竖框和堞口，在那较远处的一面雪花石膏墙壁上徒劳地形成糊状。更大的松树形成了尖锐的白色球果状，每一根粗枝都随着积雪的重压而沉甸甸地下垂，触及下面的伙伴身上，外部末梢的悬挂物结合到一起，形成一个表面——在那里，微型圆形拱顶的布置歪斜得让人感到奇异，却呈现出优美得华丽的曲线，朝着那个对称的整体结构聚集而去。

所有的这些东西里面都没有重量感。事实上，它们把更小的灌木和树木压弯了身子，彻底压到了地面。一道编织而成的白色吊闸从两边悬垂下来，阻挡了狭窄的林地小径。到处的开阔地里，较小的草地雪松俯首低垂到了地面上，对着这件神秘而纯洁的外衣，表现出深深的敬畏，而正是因为这种纯洁，大地才得到了净化，仿佛是为了传递圣杯。你立刻期待看见格拉海德[①]（Galahad）的面庞闪耀，从跪着的姿态中起身，在这片林地的卡默洛特[②]（Camelot）的大理石塔楼下面牵来马，翻身骑上，沿着那白色的狭路向前驱驰，出发去寻找圣杯。在深深的树林中，松树苗犹如侏儒般的守护神，从雪花石膏矿中突破雪堆钻出来，在奇异的帽子和短披肩下，露出那张古怪的绿色面庞，而那帽子和披肩就是一部分覆盖的积雪所构成的。然而，这一切看起来都如此轻盈、缥缈，犹如任何幻想的建筑物，看起来就像随着一种情绪的变化而上升、飘走，某种用来建造空中楼阁的物质，某种伟大的白色梦幻——为了轻盈地飘进被想起的王国而受到平衡，就像白色梦幻所为。

林地小径上，两边的树木都足以硕大、硬朗，因此不曾在积雪的重压之下俯身、形成障碍，所有的通道都寂静无声，在灌木和纤细的树苗中间，这几乎是不可能的。那些弯曲而坚韧的枝条时常会让你蹒跚而行，在齐胸高之处绊住你，用富于弹性而又不屈的力量将你抛回去，在令人窒息的白色雪崩中扼杀你、淹死你。试图穿过密丛，无疑就像是投入柔软的雪堆——在那令人盲目的白

---

① 在英国的亚瑟王传说中，他是圆桌骑士中最纯洁的一位，且独自一人找到了圣杯。

② 英国传说中亚瑟王宫殿的所在地。

色微明中，你发现自己难以前行，被无形的钢一般的镣铐挡了回来，在那里，你感觉到冬天冰冷的手指用那银白色，把你变成真正的雪人，你就这样显现出来。这甚于洗礼，这完全是沉浸，你被接纳到白色树林的秩序中，毫发未损，就连你的脚跟也不容易受伤。

就这样身披着冬天魔术的盛装，在林地小径蓬松的地面上，我的雪鞋没有发出一丝声响，我感到自己可能在荒野世界中无形地、悄悄地潜行，未被注意到。在魔术一夜之间建造的仙境洞窟中，霜冻的复叶上的蕨类种子纷纷落到我的头上。这些种子以前并不在那里，明天它们也不会在那里。明天，这种魔术也会消失，但今天，我会充分感受它那带着寒意的欢乐。

披肩榛鸡是第一种没有看见我的林地动物。当我偷偷绕过一个白色的角落，几乎撞上了它，于是我就镇定地伫立在那里，观察它的动静，而它则在矮小的胭脂栎和野黑樱桃（wild-cherry）灌木丛周围，用花彩继续编织它那星星般的脚印项链。它也跟我一样，被那些越来越密集地纠缠的植物挡住了去路——它可能希望穿过去。它似乎并不是在那里寻找食物。从表面上来看，在它所能抵达的胭脂栎下面，并没有什么可食之物。看起来，它更像是在早餐时饱餐了一顿，而现在只是沉思冥想地行走了一阵，才开始认真着手去做这一天的事情。它也穿着雪鞋，它的雪鞋将它托举在柔软的积雪上面，就像我的雪鞋支撑着我一样，不会让身体沉陷到积雪之中。它那原本在秋天光秃、裸露的双脚，如今长出了一些羽茎，这些羽茎有助于在积雪表面支撑它的体重，却一点也没有减少脚趾的那种轮廓分明、星形的图纹。更确切地说，羽茎在这 4 个更大的脚趾之间留下了更小的点，为其星星般的足迹外观增添了图案。

通过辨识它装饰颈部的一簇簇宽大、光滑的黑色羽毛，我就知道它是一只雄鸟。这是 2 月的第一周，但是情人节要等到 14 日才会来临，在那一天，正如所有的民间传说——无论正确与否，我们都必须相信——那些传说告诉我们，鸟儿们会选择配偶。我观察的这只雄榛鸡肯定一直在准备一首十四行爱情诗，它在编织韵律，正如它用富于节奏的曲线来编织自己的踪迹一样，而那些曲线就像韵律一样，相互卖弄着风情。这只雄榛鸡随着节奏而点头，与此同时，它的双脚落在恰当的地方。在它的行进中，它不时向前俯身，就像一个人深陷于沉思冥想之中。如果它有手，它就很可能在这种姿态中把双手反放在背后，就像它把翅膀收叠在背上一样。它再一次高高地扬起脑袋，抖开那些光滑的黑色颈羽，大摇大摆、趾高气扬地行走。这里当然有一句美好的甜言蜜语，无疑会传到那身毛色斑驳的褐色雌鸟心中，如今，那只雌鸟正悄然地独处于树林的某个隐蔽的角落，等待着爱情的来临。那只雄鸟行进之际，那个念头就从它的心中涌出来，那些原本苗条的收叠而起的尾羽，开始铺展并竖起，形成一个扇形。我有些期待它张开那强劲有力的尖尖的嘴喙，像火鸡（turkey）在相似的情形下发出咯咯的叫声。在它那条项链般的足迹中，一颗又一颗星星般端庄的图案，被一种小小而奇异的独舞所打断了，从那些足迹中，它突然沉下双腿，猛然一蹬，一跃而起，飞进空中，顺着那充满雪意的洁白拱廊呼呼飞走，消失在远处。面对这样的情形，我并不认为它是因为看见了我而受惊飞走，它不过是匆匆赶去找到自己心仪的那位贵妇，并在自己忘记那首爱情诗之前，将其朗诵给对方听。

在雪花石膏的穹棱拱下面，小径的白色纸页展开，上面有好几十米的距离都没有动物的脚印留下的记录，于是，这仿佛是一条从一边伸展到另一边的公路。一只动物往往以直线来来往往地走动，留下的足迹呈现出可爱的装饰图案，仿佛是用铁笔坚定地画下的直线，在小径两边，比如说在一段大约有 1.8 厘米的距离上，一些细小的脚印恰好相对，而与此同时，与这些脚印交替、更接近中线的，则是那些更为模糊、更为精细的脚印。

在这里，细小的鼷鼠（deer-mouse）拖曳着长长的尾巴穿过积雪，在颤栗的激动中，它从一个树桩迅速飞奔到另一个树桩，唯恐途中有敌人杀出来，把它狼吞虎咽地吃掉，它犹如一把灰色的梭子迅速射过，编织出犹如女士衣领上优美的绣花图案。它究竟是怎样如此均匀地驰骋，让尾巴留下的印痕显得如此笔直，对于这一点，我实在无法辨识。确实，它如此狡猾，也如此迅疾地奔驰，因此我从未看见它留下印痕。除了这小小的图案，灰松鼠（gray squirrel）在跃过之处也留下了痕迹，那些痕迹犹如一头狂暴发怒的河马留下的，而我自己的雪鞋留下的印痕，则更加不堪，仿佛是那里刚刚发生过一场大灾难，仿佛天空的一部分坍塌了下来。

在这里，与这些小耗子的踪迹纠缠在一起的，是我们最小的松鼠——花栗鼠（chipmunk）留下的足迹。要看见花栗鼠并不困难。

如果你吹呼哨来召唤它，它几乎就会应声而来。如果你在它的地洞附近扎营，你还可以让它来到你的身边，从你的手上取食坚果，最终回应你预先安排好的任何信号，比如把坚果分配成一份一份，或者对它叽叽喳喳地叫唤。

即使你完全是陌生人，它也会当着你的面，就在你的眼皮子底下，毫不犹豫地从那位于灌木堆下的地洞中飞奔而出，无疑又在极度的恐惧中飞奔回去，一旦钻进地洞，却又立即探出它那长满胡须的鼻子来嗅闻，在滑稽、好笑的混乱中皱起鼻子，那样子半友好、半受惊。因此我只得等待片刻，那小小的花栗鼠才从灌木堆下出来，蹦蹦跳跳地前往一根倒下的木头，在木头的末端那边，它吃力地穿过柔软的积雪，疯狂地奔跑，样子十分滑稽，它前往位于那里的洞孔，而入口已经被积雪封住。但它还是钻进去，又立马钻出来，伫立在后腿上，越过那根木头窥视，用鼻子对着我嗅闻，跳到木头顶部旋转了一阵，又跳下来，然后勃然发怒，在一阵迅速越过道路的奔跑中踢起结晶物，奔向那位于另一堆灌木下面的另一个洞孔，它那缺乏软毛的半条尾巴竖起，关于它的其他一切都很滑稽、幽默。当花栗鼠认为自己要被捕住，并且极度恐惧的时候——我相信，半数是它所习惯了的恐惧——它就成了生长在树林中的滑稽的小家伙，最令人愉快。要是在它被驯服之后还保持那样的疯狂劲儿，我就会养一只来当作宠物。

在下面开阔的草甸上，那不曾冻结的小溪在草甸的雪堆中淙淙流淌，呈现出黑色，只是到处都点缀着茂盛的水田芥呈现的绿色，在这里，我发现了乌鸦的踪迹，却看不见一只乌鸦的身影，任何地方也没有它们发出的声音，仿佛就像是积雪把它们严严实实地覆盖了，让它们无法突破积雪钻出来，然而这里有相反的证据——它们留下的足迹。确实，它们无疑吃过早餐。在低矮的岸上，它们都在上上下下地行军，在溪流中间，有一个白雪皑皑的小岛，其踪迹从小岛的一端延伸到另一端。在它们步入浅水并涉水之处，我到处都看见它们存在的迹象。白雪中，泥泞的爪印就提供了充分的证据，指明了它们再度跳出来的地方。正如夏天的沐浴者在海岬南部的浅水中"迈步去捕捉圆蛤"一样，我能想象它们用脚趾去摸索贝类动物，一旦发现猎物，便会伸出长长的嘴喙去刺戳它们，将其吞食。但是，它们也同样会享用色拉来作为早餐。我能看见它们一直拉扯水田芥，将其拉出来，吃到了更大的茎上面。即便是在积雪深厚的冬季天气中，乌鸦也无比聪明，知道到哪里去寻找对自己有益的东西。

在小径围绕山丘的蜿蜒、弯曲之处，在桦树伫立之处，桦树的粮仓依然为流浪的鸟儿盛满了天赐的食物，这再次看起来就像是我投入白色密丛的行为无意间让我受到了洗礼。突然间，空气中充满了翅膀的拍动声，一大群树雀鹀（tree sparrow），数量肯定有好几百只，围绕着我的脑袋摇摆、旋转，冲向那些积雪覆盖的桦树。这些鸟儿冲撞之际摇落了一些积雪，其中一些鸟儿落下来，而另一些鸟儿则一跃而起，再度冲击桦树。这一次，所有的鸟儿都在树上找到了立足之处，并开始热切地寻找细小的球果，啄食其中的种子，撒下一群群鸟儿般的球果鳞片，纷纷扬扬，那数量远比这群鸟儿要多得多。

随着它们的翅膀声响起，我停了下来，一动不动，于是它们也就不再注意我，只把我当作一截被积雪封住的围栏柱子，要不然就把我当成了一棵草地雪松。我试图数数它们，却并不那么容易，因为它们似乎就像小小的波浪一样，从一根细枝轻快地移动到另一根细枝，尽管它们身披朴素的服装，但它们的运动让人目不暇接、眼花缭乱。正当我要准确地记录单独一棵树上的一群树雀鹀，却不料它们突然一下子迅速飞了起来，飞到了另一棵树上，跟那棵树上的同伴混合了起来，如此一来，我就根本无法数，最终只得相当粗略地估计，这些鸟儿至少有 300 只，而且还是我遇见的一大队轻盈、快乐的伙伴当中的一部分。它们在自己的群体中发出愉快而悦耳的鸣啭声，不时有一只鸟儿尝试低吟出一支歌，但它永远无法唱完那支歌，因为它的嘴里塞满了球果的种子。

有一两次，似乎有某种听不见的命令突然贯穿了整个鸟群，使得它们迅速飞旋而起，仿佛有一种臂力移动了每一片翅膀，而它们在空中摇荡出一个短短的椭圆形，又重新落下来，常常歇落到以前栖息的那棵树上。当它们几乎就在我的头上钻进桦树觅食之际，我能看见它们身上的每一种斑纹：下颚为黑色，底部为阴暗的浅黄色，褐色头冠略带浅红色，背上是同样颜色的条纹，带着黑色和一种浅黄色，翅膀的覆羽尖上为白色，略带浅灰色的白色胸脯中央，还有那看起来就像是一个模糊的黑斑的东西。在一群有 300

只或者更多的五花八门的鸟儿中，即便是对每只鸟儿匆匆一瞥也并不容易，但我相当确信的是，还有比树雀鹀所呈现的更多的东西。我似乎看见了某些胸脯上没有模糊的黑斑的鸟儿。我知道，那里的少数鸟儿具有清晰的红褐色色调，我想象它们是沼泽带鹀（swamp sparrow），这种鸟儿当中的一些就留在这附近过冬，或许其他鸟儿也因为喜好社交的缘故，因此来到这里，跟我和冬天的花栗鼠待在一起。

这些鸟儿从树上摇落积雪，还在桦树球果中间捡拾剩下的种子，这就使得它们如此喜爱的小小的种子在积雪上到处散落，但它们很快就开始追踪那些落下去的种子。片刻之前，地面还是洁白的，而今却布满了种子。在鸟儿们准备好飞下来之前，地面上犹如撒着香料粉末一般，自由地散落着鸟儿摇落下来的种子、球果鳞片，致使地面呈现出肉桂的颜色。接着，随着一种降落，鸟群犹如秋天的落叶纷纷飘落而下，开始了一场系统性的种子寻觅之旅，在这个过程中，它们会把这个空间打扫得干干净净，不留下一点死角。然而，当它们消失的时候，你几乎不会发现两道足迹交叉，它们并行着蜿蜒曲折地跳动，这就使得它们绝不会在同一片地面上重复搜索，同时它们还留下迷宫的图案，那很像是很久以前小男生常常在石板上画出来的。它们几乎来到了我的脚畔，正当我开始为我在鸟儿眼里显得无形而得意的时候，突然间，随着一声报警的鸣啭和一个整齐划一的统一动作，所有鸟儿都呼呼地飞上了天空，消失在树端那边。

我只得懊恼地转身离开，显然这种魔幻被破坏了。转身之际，我才看清了真正的原因：就在我身后的积雪中，一只家猫颤抖着尾巴，绿色的眼睛露出责难的目光。这只猫远离了自己的家园来到这里狩猎，但从它的眼里，我看见了轻蔑的目光，我知道它认为这里有那种总是把它的猎物吓跑的动物，而那个动物又总是巨大而笨拙。

第 10 章　池塘探索记

The Road to Muddy Pond

泥炭藓精致的纤维丝毫不曾遭到践踏，变得蓬松；猪笼草活泼地栖息着，迎着天空展开其大口的水罐，里面自然盛满了冰，而不是水，却并未裂开，它们排列着，仿佛在等待妖怪的侍者端着它们奔向看不见的客人。

贪婪的南风吹拂了两天，舔光了易融的积雪，直到整个田野和南坡都变得光秃了。然后，在北风回来之前，那种间隔性的休息就来临了，在那种休息中，为了闻到来临的春天，你不得不嗅闻空气。那微弱的芳香随着一种霜降的气味而泛起波纹，那种气味犹如千金子藤（stephanotis）的碎冰的香味诱惑着感官。这是一个诱人的日子，让人情不自禁地拿起拐杖、背起小背包出门，走向南边去登山，去迎接那两天的南风从地图上遥远的南方吹来的浪漫传奇，那南风也许来自委内瑞拉和毗邻奥里诺科河[1]（Orinoco）之岸的高地。到了中午，尽管那残余的南风依然会零零星星地纠缠在山丘那面向南的角落，但卷土重来的北风会把它的大部都驱赶回去。

对于雪松沼泽，这样一个日子无疑是美好的。那原本在脚下

---

① 南美洲北部的一条大河，长度超过 2414 公里。

布满陷阱的沼泽仍会随着冬天的冰而坚固，但此时暖风吹来，扫除了覆盖在万物上的积雪。进入最为错综复杂的深处，你至少可以凭借脚下坚固的立足之处穿过去。在夏天，滑溜的青苔等着你迈步，陷入那柔软的腐殖土的黑暗深处，如今在这样的地方，你倒是可以安全地行走在冬天为你铺就的路上。

这个季节的 2 月中旬，并不是一年中发现新事物的时节，然而我以前几乎不曾面对过大约有 1.6 平方公里令人迷惑的阳光，于是寻找一处铁杉覆盖的山丘北坡的深处，躲在里面，让目光避开强光，我发现一棵黄桦（yellow birch）挂满了绒毛般蓬松的缨穗，仿佛是空气中的酒香哄骗它萌发出了叶簇。如今在这里，在我们位于波士顿以西的树林中，黄桦并不十分罕见，却也罕见得足以让你称之为偶然。在白桦（Betula alba）常见得如同脚下的杂草之处，黄桦可能不会在 1.6 平方公里之内出现一次。我知道，它仅仅在寒冷的北方山丘上，或者在冷泉整个夏天都沐浴着它的根须的沼泽地里。在那里，冬天或夏天，它那具有银白光泽的、丝绸般柔滑的黄色的外皮碎片，使得它的树干成了一件美丽之物。你想抚摸这些卷曲的树皮，仿佛它们属于一个长着亚麻色头发的少年——他迷失在树林深处，冒着一点麻烦的风险，需要从一个熟悉这里的人那里得到安慰。在我对那种浅黄色的桦树的所有问候中，那就是它给予我的唯一印象，然而在这里，在这散发着酒香的 2 月空气中，它正在显露出嫩叶丛生的外表。

即便是处于树林凉爽的深处，我的眼睛从太阳的强光中恢复了过来，而幻觉也依然存在，我不得不爬到树上采摘一些这样的叶子，才弄清楚它是什么。无疑，我们既有眼睛又没有眼睛，因为在我的一生中，我从来就不曾注意过黄桦叶簇的柔荑花在冬天究竟会发生什么。它不像白桦那样坚硬地悬挂着微小的球果，放弃了能应和林中动物的需求，却把种子和鳞片到处抛撒到积雪或光秃秃的土地上，这些树让百合花形的鳞片脱落，然后通过一根细线让它们在风中不断翻飞、摆动。凑近仔细一瞧，我才看见那纤细的、鼠尾形的心轴突出来，其表面犹如锉刀一般，布满了种子和鳞片的穴孔，但给人的整体效果，则是那绒毛般蓬松的棕褐色缨穗沿着细枝悬垂下来。在这些百合花形中间，那圆形、扁平、边缘有羽翅的种子依然被两根还存留着的雌蕊纠缠，表面上，它们就像黑色的细根，或者像金鸡菊（tick-seed）紧紧依附在你的身上，如免费搭乘的钩子一般的东西。

荒野的家族无疑彰显出了强烈的个性。在整整一个季节，白桦和黄桦两者肯定都掌握着自己的种子，并将其一点一点地散落下来，因此它们可能就拥有了更佳的发芽和生长的机会，从而延续自己的种族，我永远不能明白，它们为什么要以同样的方式来那么做。但它们并没有那么做。也许这种无穷的可变性被精明地安排了下来，因此那半闭着眼睛的人在周围跌跌撞撞地走动，可能偶尔才会把眼睛睁大一点，他愉快而又遭到戏弄，因此偶然才会有所发现。在另一个季节，我会仔细观察黄桦，要是可能的话，我要发现它们的柔荑花究竟在冬天的哪个日期绽放成缨穗。

当我再度面对金色的太阳，我踏上林地那一道道布满碎石的土脊，这些土脊异乎寻常，酷似从大海中翻涌起来的一层层波浪。它们在这里起伏、滚动，涌向那里摇摇欲坠的尖顶，又乱七八糟地跌落到四周，那种混乱似乎无法立即得以解脱，仿佛其中具有某种粗野却又深不可测的秩序。无疑就像在大海上，每第七波波浪就是最高的浪峰，要不然就是第九波，抑或是第三波？正如在大海上，地平线绝不是一条水平线。波浪撒播的峰脊耸起肩头进入其中，一座浪峰时不时会升起来，那是不断积累起来的波浪——它们穿过水面脉动的模糊提示，完全涌向一个共同的中心。有时在大海上，你的船在一片如此进行侵略的波浪上面升起，你看见一个真正的漩涡在船的前面张着大嘴，打着呵欠，要不然就是你的船会失足跌倒在这个漩涡之中，那摇摇欲坠的尖顶会将其淹没，如果船长有足够的运气接近它，那么他就会对水道测量局报告一种潮汐波。因此，沿着我的路线一路南行，终碛（terminal moraine）和侧碛（lateral moraine）、冰堆丘（drumlin）和冰砾阜（kame）滚动、摇摇欲坠又向上跃起，直到把我摆荡到一处尖顶般的峰脊上，从那里，我俯视《国王的田园诗》[1]（*Idylls of the King*）当中一节的情景。沿着这样一条道路，那轻蔑而坏脾气的利奈特（Lynette）曾经骑马走过，接着是刚刚成为骑士的加雷思[2]（Gareth），他豪爽而勇敢，

---

① 19 世纪英国著名诗人阿尔弗雷德·丁尼生（1809—1892）的名作。

②英国亚瑟王传奇中的圆桌骑士之一，亚瑟王的侄子。

走在他第一次求索的路上：

接着，爬上漫长的山坡后，透过
好几千个松树冠，看见一个碗状洼地
内有阴沉的林间空地，慢慢向西
深深地下陷，是谁的小湖，
浑圆得如同雕鸮的红眼
在半死的落日下闪耀——

那就是诗人丁尼生所见，那深渊的对应物，那圆眼睛的小湖从里面向外观看，躺在我的脚畔。在漫长的岁月之前，某个最初的定居者当然缺乏丁尼生的观点，愚蠢得目光短浅，只觉得他戳动的木杆仅能搅起最糟的东西，于是竟然将一个微小的湖泊命名为“泥泞的池塘”。这当然是又一个有眼睛而又没有眼睛的人。在夏天和冬天，围绕着湖泊边缘的唇，青铜绿的泥炭藓连绵铺展，它那精致的末梢模仿蓬松的森林中灰白的松树和枞树的生长。到了5月下旬，那呈现出粉红色的精致的奇异兰花（wonder-orchid）开始绽放，依偎在它那灰金色的心中，那是一些常绿石竹（callopogon）和泉女兰（arethusa）。在这里，猪笼草（pitcher plant）迎着夏天的雨，紧握着它那具有粉红色脉纹的花杯，一旦昆虫来到它那丝绒般柔软的嘴唇边，并失足滑下去，它便会毫不犹豫地将其捕获，而那些昆虫再也无法从这同一块丝绒上爬出来，因为这块丝绒突然变成了一道多刺的防护栅栏，阻挡了逃生者的去路。四面八方都安置了泽珍珠菜（Nesaea verticillata）的那种三柱门，它将在7月开放成粉紫色的旗帜——我敢说，那是林中小妖精的装饰物，那些小妖精在这里的仲夏夜里进行比赛，在柔软的草皮上打板球。

在一个夏日，这个微小的碗是大约1.6公里深的蓝宝石，把天空拥在它的怀里。当雷雨云充满威胁地悬垂在它上面，它就成了一颗黑珍珠，在它那平静的深处，闪烁着短暂易逝的银色闪光，那环绕金色的沼泽边缘的沼泽雪松呈现出浓郁的绿意，但始终都是紫翠玉石般的背景，它们像这样潜藏在锡兰[①]（Ceylon）群山的心中，装饰着一道道更轻盈的绿玉髓和绿玉。而某个人，面对这一切美景却竟然视而不见，只看见它下面的泥淖！也许他在沼泽快步行走，只知道泽珍珠菜的三柱门在那里，因为他会绊倒在那上面。我保证，那些小妖精正盘着腿，坐在雪松最深沉的阴影中，等待着子夜和它们的猎物，发出精灵的笑声来嘲笑他，而他听见的一切，却都只不过是蛙鸣。

在2月的这个灿烂的日子俯视着它，一片微小的云遮住了太阳，那是一颗珍珠。冬天和距离使得沼泽的边缘成了黄金，里面带着白色光辉而闪闪发光，而那是不透明的、厚约30厘米的冰层所发出的。不久，太阳就出来了，在它那水晶般的心里，那曾经是珍珠的东西聚集着微妙、精细的蓝色与火焰，朝我闪发出乳白色的色调，

---

① 斯里兰卡的旧称。

当我从山丘上漫步走下来，朝着它走去的时候，那种色调就再度发生变化，当太阳的光线找到了正确的角度，它就会铺设一块挪威日长石（sunstone），那块石头发出火黄色的光亮。当我伫立在冰上，冰层也依然很美。在这里，不透明的物质用水晶般的纯洁轻快地编织图案。冰面在脚下很光滑，然而，这些图案在冰层中起伏，让人难以相信它们不是雕刻的凹雕，然后，表面冻结成一个水平面。相比我越过这个大池塘的时候，此时的冰本身并不漂亮，但它的背景呈现出了令人难以置信的美。

衰老的冰，毕竟远比年轻的冰要美。它里面铸就了某些特性。生存把艺术的最高形式教给了它，那种形式让它绝不会重复相同的美。如果地毯制造商仔细研究它，他们就会从这样的表面获得何等优美的设计图案啊！相比之下，他们编织的那些正方形和圆圈形，多么令人厌倦，还有他们那无穷无尽的重复，多么陈腐而又沉闷乏味！

冬天的魔法编织成的这种坚固的地面，继续穿过那海绵般的沼泽表面，与它混合起来，然而通过某种巫术，却从不曾干预它所形成的那些错综复杂的图案。通过它，泥炭藓精致的纤维丝毫不曾遭到践踏，变得蓬松；猪笼草活泼地栖息着，迎着天空展开其大口的水罐，里面自然盛满了冰，而不是水，却并未裂开，它们排列着，仿佛在等待妖怪的侍者端着它们奔向看不见的客人。我发现一根花茎依然持久，稳定不变地点头。种子荚的侧边裂开了，但在那里，那伞一般的风格却依然不变，张开、倒转过来，种子荚里面容纳着很多种子，因而种子将其严严实实地塞满，它容纳着它们，无疑在等待一个更有利的季节。

庄严的甸杜（cassandra）穿过青苔，到处推动它那黑色的细枝，维持它那皮革一般的叶片，那些叶片呈现出褐色，显得很气馁，下垂着而又坚持着。甸杜总是让我想起那些新英格兰老处女——她们看上去很瘦削，但健康状况并不那么乐观。甸杜如此朴素而庄严，即便是在欢乐的6月，它也绝不会露出一丝笑容来，却仅仅露出可怜的神色，而且还面带菜色，勉强地坚持一种无益的生活。在它之外的各处，的确是在很多地方，真实的生命簇拥着——这些勇敢、翠绿的白扁柏（white cedar）。你会认为，这种树木从甸杜那里捕获了亲吻和温暖，它们的立足之处就像甸杜的立足处一样，并不那么稳定、牢固。现在，冰层理所当然地牢牢地掌握着所有的东西，但在夏天，很少有能托起沼泽雪松的东西，那种树仅仅通过让自己的根须交织，牢牢地生长在一起，形成密集、缠绕的一团，才使得它们能够轻快地保持笔直。如此靠近的是那些年轻的树，它们被置于树丛边缘，因此让人难以穿透它们那相互交织的枝条而通过，即便是在你通过了这种障碍物的时候，你也会发现那些树干如此靠近，以至于在它们之间，常常没有可以穿过的空间。在这里，所有的枝条都终止了，挺拔的树干密集且并行着向上生长，在顶部展开殊死的竞争。对于所有如今还活着的树木来说，那堪称是名副其实的竞争。有些树在斗争中稍稍落后，丧失了阳光对其顶部魔术般的触摸，而通过这些光秃秃的柱子，你能注意到这样的情况：这些树已然枯死、变得光秃，而它们的同伴却如此迅速地夺取了它们原来微小的空间，以至于你惊诧于这些死树曾经怎样在斗争中走了这么远。在这些雪松下面，是一座非常庄严、肃穆的神庙。那活着之墙，位于墓穴内的这些死树，还有静止的树叶在你的头上发出的叹息，依然让你充满疑虑。那可能是树木在为死去的邻居而悲哀，要不然就是它们为了保持自己的呼吸与活动空间，在竞争中发出的吁吁喘息。

既然脚下有坚固的冰，那就很少有什么东西阻塞你的通道，除非树干过于密集地生长。黄连（goldthread）和蔓虎刺在青苔中悄悄爬行，四周的土堆其实都是雪松真正的残桩，但在这里，似乎其他藤蔓或灌木没有生命力进行生长，否则，要是它们还有生命力，它们也会精明地利用这种生命力逃往阳光更明媚的高地。即便是在热带丛林中，我也不曾见过如同这些生长得过于密集的沼泽雪松的树木之间，展开如此激烈的生死存亡之战。最终，每10棵树之中只有一棵存活下来，并畅快地生长。尽管如此，除了邻居带来的窒息性的拥挤，其他因素也给它们带来了灾难。因此，你到处都能看见那些以奇怪的方式突然倾斜的大树，一些树朝向这边，另一些则朝向那边。一棵松树凭借谋划某种机会而生长在它们中间，这样的情况常常是真实的，其原因就在于薄弱的沼泽那并不可靠的立足之处：当它们长得更高、更重，它们就无法在根须下面那片屈从的巨大沼泽中找到足够的锚地，一阵大风迟早会把它们吹翻在地。但在一些地方，在遮蔽着的更大的树木中间，我发现一群群年轻的雪松能够忍受疾风的吹击，因为老树就像铜墙铁壁，环绕在它们周围，为它们提供了充分的保护。它们短暂地形成了一行一行的形态，全都朝着同一个方向，究竟是什么力量让它们形成了这样的外观，我依然感到惊诧。如果这是热带丛林，我就会说这里有一只河马从深处出来，向上面漫游，又再度回去，要不然就是一头大象逃离了某个退休的政治家，但这些动物都不属于我们这片冻结的森林。

在一个地方，有着另外一种令人稍稍吃惊的暗示，那就像是一条蛇蜕下的皮，其直径肯定有 10 厘米。但其实，这只是一棵倒毙之后一直腐朽到树心的桦树的白色树皮，尽管其树心腐朽了，它那更坚韧的树皮却留了下来，其白色的褶皱不断悬晃，看上去就像是蜕下的蛇皮。

但这并不是观察沼泽雪松最佳状态的地方。如今，你位于它们幽暗的一侧。迎着生机勃勃的太阳，它们转动内心的每一个欢乐的原子，当你犹如太阳一样，从附近某座南部山岭上俯视它们，你就完全获得了它们密集生长的簇拥的印象，而那样的簇拥呈现出生动的绿色。此外，你还充分意识到了它们内心无穷无尽的生命力。在我看来，在马萨诸塞东部，我们最坚韧的树木似乎是铅笔柏，这种树生长在风暴时常扫掠的岩石悬崖上，而在那里，似乎唯有地衣才能找到立足之处。然而，紧靠在它的后面，在肥沃、潮湿的泥炭沼中，我将这个栖居者进行分类。我发现，很多植物学家并没有从铅笔柏（Juniperus virginiana）中把这种我称为“沼泽雪松”的树木区分出来，然而，相比它与那种即所谓的“面临树林的雪松”的金钟柏（arbor vitae）的关系，它与这种树的关系更近。但从一个重要细节上来说，它其实并不是铅笔柏。它并没有铅笔柏所拥有的那种奇妙而芳香的红色心材。在我看来，单单是那个细节，我们就应该在植物学上给它一个单独的地位。然后，相比铅笔柏的叶片，它的叶片更扁平，更多地呈现出金钟柏的那种类型。这样你就明白了，但我知道发生过什么。很久很久以前，在沉着而镇静的常青树比现在更为活跃的时候，一些特别美观堂皇的金钟柏犹如少女一般，从北方的树林中一路南下，遇见并爱上了我们的一棵粗糙的铅笔柏。它怎么能够帮助那棵铅笔柏呢？于是，就有了一场前往普罗维登斯[①]（Providence）或者当时还是格雷特纳格林[②]（GretnaGreen）之类的任何地方的秘密之旅，这两个私奔者便在普利茅斯县[③]（Plymouth County）或在这里的诺福克[④]（Norfolk）定居下来。这样就说明了我所描述的白扁柏，而这也是我所能采取的唯一的解读方式。

我距离普利茅斯树林还有3.2公里之遥，用干枯的白松（white

---

① 美国罗得岛州的首府。

② 邻近英格兰边境的苏格兰村庄，旧时一些英格兰情侣因被禁止在本地结婚而跑到此地成婚，因此而闻名。

③ 美国马萨诸塞州东南一城镇，位于普利茅斯湾沿岸。

④ 美国弗吉尼亚州东南的港市。

pine）木头燃起可爱而清晰的火焰，又把一块排骨串在一根金缕梅的枝丫上，放在火上炙烤，作为晚餐，而就在此时，我在冬天的树林中偶然遇见了第二件新事物，那便是黑雪。那种黑雪位于一片开阔的草甸北边，在那个地点，野玫瑰与其他纤细的灌木如此纠缠，十分浓密，以至于你几乎不可能穿过去。因为某种原因，南风无法吹走那里的所有积雪，于是一层薄雪便留在地面上。在那些纠缠的植物边，还有一点留在露天的水，我注意到这一小片水上覆盖着一层黑色。我走下去凑近仔细一瞧，才发现我的目光远及的草甸的积雪也同样覆盖着这样的表面，使其显得黝黑。这种表面看起来很像是黑煤的煤烟，而当我用手指戳动它，看看它是否真的是煤烟，那东西却活动了起来，敏捷地跳开。原来，在开阔的池潭及其四周的积雪上，覆盖着细小的黑色跳蚤或者某种相似的、善于蹦跳的小昆虫。对于这些细小的黑色生物，我十分好奇，便小心翼翼地将其中的很多叠进笔记本当中的一页，还牢牢地折叠页边，企图将其牢牢地关在里面，并将其放在小纸片中——我想把它们放到显微镜下，看看它们究竟有多少条腿来做出这种奇妙的跳跃。但对于我，它们的腿实在太多了，因为当我回到家里，那张纸条上已然一片空白，它们全都跳走了，消失得无影无踪。

第 11 章　探访麝鼠的居所

Among the Muskrat Lodges

就像海狗一样，麝鼠也拥有一件相当粗糙的外衣，此外还有一件更精细、质地更像丝绸一般的贴身内衣，这就为它提供了围绕它的大气空间，无论它在水下待上多久，寒意都不会渗入它的体内，潮湿也无法侵袭它。

当东风越过蓝山吹来，寻找冬天射出回马箭发出的弓弦声之际，我就始终认识它的声音。这是在它所有锋利的标枪囊袋中最锋利之物，因为它会渗入一个人的铠甲的接合部，而在那样的接合部，从北极荒原上吹来的大风也无法抵达，降雪和降温都不曾将其削弱。今天，当我越过本卡蓬湖，面对着它，深深地感到它的倒刺在我的胸骨的骨髓中转动，于是我就开始诧异它会怎样对待我的麝鼠朋友——在这个湖泊的西北岸，麝鼠正在北风露出的牙齿中过冬。因此，我转过肩头，迎着吹来的风，面向沼泽——在那里，麝鼠搭建的圆锥形小屋排列成了长长的一线，其尖顶显现出沼泽岸上的褐色草丛形成的锥状——整整一个夏天，那些梭鱼草(pickerel weed)在岸上生长，不断招摇着它们蓝色的旗帜。

此时，温度计指明气温仅有零下几摄氏度，但这是冬天最寒冷的日子。相比北极的海水拥在其未冻结的心中的寒意，从哈的逊湾[1]（Hudson's Bay）吹来的寒风的咬啮实在算不了什么——北极的海水从北极深处开始，沿着拉布拉多海岸一路南下，扫掠格陵兰的西海岸，围绕纽芬兰[2]（Newfoundland）之后，又再次南下，推挤到了马萨诸塞湾（Massachusetts Bay）。面对所向无敌的春天，冬天发动攻击的后续部队，那种保守势力，绝望而拼命地突进其滑铁卢[3]（Waterloo）。东风从它所抛掷的汹涌的绿色深处赶上了这种寒意，使其成为它绝望而拼命驱赶回家之地的毒药。一天面对着这阵风，你就会感到在你躲起来之后很久，那种寒意还在继续发挥作用，顽固地逗留不去，即便是你对着那种寒意猛烈开火，也很难将其逐出你的骨头。

然而，如果你愿意，你可以从这样的寒意中汲取欢乐，那就不再是将会来临的最糟糕的事情。它就在这里，但你期待的前景肯定很快就会好转。古怪的事情，似乎就是认为在明年7月的某一天，我们会嗅闻到这种汲取自北方的气流深处的寒意，承载于东风翅膀上的寒意，而且着迷于它用来安慰我们发烧的鼻孔的那种醉人的新鲜空气。

在沼泽的边缘上，一共矗立着27座麝鼠小屋，它们——正如

---

① 位于北冰洋的边缘海，伸入加拿大东北部内陆的大海湾。

② 加拿大东部的一个省，包括纽芬兰岛和附近岛屿以及拉布拉多地区的主要陆地和附属岛屿。

③ 比利时中部靠近布鲁塞尔的城镇。1815年6月18日，拿破仑在此进行的战役中遭受了重大失败。

约翰·史密斯船长[1]（Captain John Smith）所称为“麝鼠”的那样，用那些在附近所能找到的沼泽泥炭、枯草和灯芯草（rush），实际上几乎是用所有垃圾来构成的。每座小屋都具有某种基础，一种基础是沉浸在烂泥中的树桩，而另一种基础则是用桤木（alder）的枝条构成的粗糙的框架结构，这些树枝是麝鼠像河狸（beaver）那样，用强有力、凿子一般锋利的牙齿切割下来，并衔着搬运而来的。其他基础则各不相同地被支撑起来，尽管如此，所有的麝鼠小屋都可能把入口置于水下和冰下，因此也可能被厚厚地封冻起来。

面对那让我冷得彻骨的东风，麝鼠几乎毫不在意。我敢打赌，它从来不知道东风在狂吹，因为在一年中的这个时候，它确实很少把鼻子探出它的小屋之外，而是躲在那里面，根本不可能感受到东风。它的楼梯从水下出口通往一个舒适安逸的巢穴，那里面铺垫着柔软的草丛，它就和同伴蜷曲、依偎于其中。它们巢穴的墙壁涂着泥巴，这种浸透了水的材料被封冻得无比坚硬，在一些地方，还设有足够的气孔，在让它们透气的同时，又不会把寒风放进来。就像任何人都可能设计的那样，这是一个舒适而安全之处。敌人必须从外面突破这层坚硬的外壳才能进入，而早在来犯之敌打破冻结的墙进入巢穴之前，它们早就溜进了水里，在冰层下面逃之夭夭，前往另一座圆锥形小屋，或者，如果它从那座小屋也遭到了入侵

---

① 新英格兰的舰队司令（1580—1631），英国军人、探险家和作家。

者的驱赶，那么它就会再次动身，前往它那位于 300 来米开外的坚硬的堤岸上的洞穴。

我把耳朵紧贴在距离最近的那座麝鼠小屋上，锐利地叩击那粗糙的墙壁，聆听里面的动静，里面没有传来一丝声音。我再度叩击，我的敲击成了打扰里面的沉寂的唯一声源。外面，冻结的沼泽禾草丝绸一般，相互锯动着，疾风从厚厚的白雪上扫来霜晶，滑过之际微微地发出尖叫，但从那麝鼠小屋里没有传来任何声音，麝鼠们显然都不在家。在下一座麝鼠小屋，情况就大不相同了。我刚一叩击，立即就传来一阵沉寂，而在一秒之后，接着传来了一些攀爬的声音，当我观察那始终围绕在小屋周围的幽暗而清澈的冰层，我看见 3 道闪烁的银色微光由近及远，箭一般地斜穿过清澈的空间，消失在远处那不透明的冰下。居住在这座小屋里面的 3 只麝鼠逃走了，它们浓密、暗黑、紧靠在下面的皮毛，容纳着空气，使空气纠缠在皮毛那防水的细毛之中，这样的情况就说明了那闪烁的微光。

就像海狗一样，麝鼠也拥有一件相当粗糙的外衣，此外还有一件更精细、质地更像丝绸一般的贴身内衣，这就为它提供了围绕它的大气空间，无论它在水下待上多久，寒意都不会渗入它的体内，潮湿也无法侵袭它。只有它的脚掌心和口鼻尖即鼻垫是裸露的。它的耳朵缩在皮毛里面，当它处于水下，两只耳朵里面就塞满了绒毛，能够捕捉并传递水下的声音，其耳朵所获的声音真实得犹如在水面上的世界一样。它凭借后脚那种精力旺盛的“狗爬式”运动来游泳——其后脚很大，长着僵直、粗糙的毛发，而这些毛发又很符合脚趾之间的蹼的样子。而且，这样的脚以一种特别的畸足方式而坚持着，这种方式会使得它在陆地上显现出笨拙的蹒跚之态，却允许它的脚“长出羽毛”，犹如划动中的船桨，由此为它的推进装置最大可能地提供功率。

对于它的尾巴的用途，那些最了解麝鼠的人则众说纷纭，莫衷一是。除了作为非常有效的舵桨，我从未见过麝鼠使用尾巴，但有人告诉我，麝鼠就像鱼那样用尾巴来进行划动，由此推动它的身体不断前进。它的尾巴充分适合于两种用途，然而，那是一条看起来不像属于任何有皮毛动物的尾巴。那条尾巴的长度与麝鼠的身体差不多，从尾根到尾尖没有一根毛发。相反，尾巴上布满了僵硬的小鳞片，那些鳞片犹如蛇鳞。尾巴的边缘很扁平，其顶部和底部几乎变成了刀锋，于是麝鼠就最为有效地使用它。

但是，无论它们的脚和尾巴多么适合于游泳，它们的皮毛在冰下让它们多么缓和且可以防湿，刚刚被我从其舒适的小屋中赶出来的那 3 只麝鼠——那些皮毛柔软的褐色的小皮囊，仿佛也需要解决一个问题，这个问题远比温暖和运动要大得多：在这厚达 30 厘米的覆盖的冰层下面，没有洞孔让它们透气，它们究竟怎样在水中呼吸？在几分钟之内，它们的肺部肯定有新的氧气供应，如果不去打扰它们，它们就能够以一种相当古怪的方式来获取氧气。从冰层下面上来，它们排出废气，在短时间内发出一个气泡，从冰和水中吸收新的氧气，然后又重新呼吸，继续前进。

在早秋，当冰层很薄而且很清澈的时候，你可以通过这样的方式来捕住麝鼠：首先将其赶出小屋，然后在它游动之际追踪它——此时冰层下面会出现一道银色的条纹，你可以沿着那道条纹一路追过去，直到它发出那种泄密的气泡，让你能确定它的位置。然后你就走上去，在那气泡上面猛击，这样你就把那正要呼吸的小伙伴赶走，将其淹死。但是，如今在本卡蓬湖的沿岸，你无法玩弄如此卑鄙的诡计了，因为麝鼠如此丰富，群体如此巨大，我相信它们自己会解决呼吸问题。

在这些圆锥形小屋附近一路向前，你到处都会发现敞开的透气孔。我完全确信，这些麝鼠小伙伴让气孔保持敞开，就是为了不时能朝上面的世界瞥上一眼，尽管它们在其他方面并不需要这些透气孔。但是，那并不是我所指的氧气供应。沿着这片沼泽的正面，远及那些圆锥形小屋，到处都有白色的大气泡，这些气泡从圆锥形小屋传出来，进入湖泊，在很多地方显示出一段 30 来米或更远的距离，然后就停止了。湖泊中的其他地方都没有这样的气泡，我相信，麝鼠们在不同的短途旅行中，将其接力传递贮存在这里，以备不时之需，从而防止像我这样的人可能将其赶出家园，使其淹死在厚厚的冰层下面。凭借这样的空气供应，我驱赶出来的那 3 只麝鼠就不会有什么麻烦了，它们可以顺利抵达距离最远的那座圆锥形小屋，或者抵达沼泽边缘更高的岸上，钻进它们夏季的洞穴。

对于整个冬天的食物供应，它们也无须大伤脑筋。某个好奇的溜冰者，或许是一个想要成为皮毛商的人，偶然来到沼泽的一端，闯入了一些麝鼠房子，还将其他房子拆散得七零八落。一场漫长的雪融使得他能够干出这样的事情，否则冬天就一直安全地保护麝鼠免遭野蛮人的入侵，以至于只有使用沉重的斧子或鹤嘴锄，才会砸开这些坚固的房子的入口。在这种人为制造的地震而导致的废墟中间，有黄色睡莲——圆叶萍蓬草（spatter-dock）那肥硕的根须，长得犹如我的手臂。看起来，一些麝鼠房子仿佛就是由这些石化的爬行动物来建成的——断裂成大块，那是以前地质年代中外表布满鳞片的残余物。这些东西是麝鼠的面包，或许我们可以说那是它的土豆。这种食物的外表粗糙而可怕，内部则是白色的，而且松脆、鲜嫩，尽管其味道单调、平淡，就像生土豆的味道对于你和我一样，麝鼠却一致认为其美味可口，令其十分满意。池底贮存着大量这样的食物，麝鼠只需潜下去挖出来，即可食用。不仅如此，它甚至还可以利用这样的东西来支撑自己冬天的小屋。

如果麝鼠想要吃点更为辛辣的食物，那么池塘里面有一些地点也可以提供，如今那些地点位于水下和冰下，很安全，像它那样的潜水者却很容易抵达，那里生长着它非常喜欢的菖蒲（calamus）辛辣的根，这种植物的根在干燥后加上糖，大多数人都喜欢细细地咀嚼。一直贮存在浅水处的，是麝鼠的贝类食物，麝鼠可以轻易地撕开河蚌（fresh water mussel）那薄薄的外壳，里面白色的鲜肉非常美味、可口。在冬天和夏天，这些贝类食物都唾手可得。实际上，麝鼠的一些房子是在秋天建造的，与其说是它的冬天之家，还不如说是餐厅罢了——在那里，它可以与世隔绝地独享这些特别的软体动物。在距离沼泽相当一段距离之处，在湖泊的一片浅浅的水域上，有一片河蚌的居所，那附近有一块露出水面的平顶礁石。去年秋天，麝鼠们就在这块礁石上面建造了一座小屋，专门将其用来享用贝类食物。最初的溜冰者发现了这座小屋，便将其踢成了碎片，结果发现，那里面密密麻麻地塞满了空贝壳，那无疑是经历了很多场罕见的盛宴而留下来的，表明了麝鼠在这里以真正的波希米亚方式来款待朋友。

就这样，当我站在冰层的一边，在透彻的东风中瑟瑟发抖之际，麝鼠们却待在一个气温甚至更高的区域，过着饱食、安逸的生活——在那个国度有春天，我们说春天从南方一路北上，而麝鼠却知道是从地表之下涌出来的春天，已经来到了门前。春天的温暖就在下面的沼泽中，软化甚至融化了圆锥形小屋四周的冰层。湖泊上的冰层仍然厚达 30 厘米，但冰层下面的水颤动着同样的力量，你只是不得不去搅动它，嗅闻它的芳香。湖泊下面，那即是其出水口的小溪，溅在那废弃已久的基石上，在早期定居者的日子里，那些基石属于一道磨坊堤坝。在这里，尽管疾风挺着锐利的长矛，在冻结的枫树上咆哮，在小溪所有的潺潺声中，我也听见那个正在来临的季节发出柔和的声调，空气中充满了流水散发出的新鲜、引人心动的芳香。在冰层下面，整个湖泊已经充满了这种芳香，在那水晶般的深处的每一次短途旅行中，麝鼠都要呼吸它。很快，它就会放弃自己的冬天之家——一旦霜离开那些房子，房子就会松弛、下垂、倒伏，开始沉没到湖泊之中，麝鼠到处将其外部边缘建造得稍稍坚固一些，以此来促进它每年对湖泊的蚕食。随着时间的流逝，麝鼠成为这种蚕食中的一种相当有力的因素。

正如河狸一直都是池塘的创造者和溪流的保护者，用它构筑的堤坝去容纳和延迟水流，麝鼠也有助于创造草甸，并使得池塘边缘沙滩化和坡度得到缓和。草甸正是通过麝鼠的冬季巢穴来完成的，而池塘边缘则是通过它的夏季洞穴来完成的——其夏季洞穴从湖泊边缘的水下开始，靠近水面倾斜地向前延伸大约 9~13 米。从这些洞穴中，很多立方米的沙子和沃土被挖掘了出来，沿着浅水处铺展。在麝鼠的劳动中，它在水中的习性表现得尤其强烈，因为它通常会在入口处创造一个三角洲，三四个入口通往上面的同一条通道，那条通道常常在水面上有一个小小的出口，靠近岸边。在仲夏时节，如果你特别幸运，你就可以在那里看见麝鼠幼仔将鼻子伸出水面，在它的身体长到足以游出湖泊、进入外面更宽阔的世界之前，对那个世界渴望地瞥上一眼。在那里，鼬鼠（weasel）和水貂有时也会发现那个入口，钻进去吞食麝鼠一家。但麝鼠繁殖能力很强，通常一年能产下 3 窝幼仔，因此鼬鼠和水貂的偶尔入侵也并不是什么坏事，反而适合于抑制麝鼠种群的过度增长。

然而，麝鼠最大的敌人还是人类，人类通过下水道将工厂的垃圾废料排泄出来，如此严重地污染溪流，以至于在很多溪流中，自尊心极强的麝鼠都无法生活。另一方面，人类不择手段，大肆捕猎麝鼠，用它的皮毛来制作汽车坐垫。然而在我的本卡蓬湖麝鼠朋友展现的案例中，情况则恰好相反，人类之手多半是支持它而不是反对它。在那里，它的家园如今构成了公园系统的一部分，人们只有在法律的允许之下才可以射杀它。如今，这样的情况已经有一段岁月了，我想这就解释了麝鼠今年在冬天的小屋多于往年的原因。

第 12 章　厚冰时节

Thick Ice

一个小时后，一场温暖的大风就吹了过来，裹挟着柔和的薄雾朝南方蔓延，铺展到地平线上，仿佛湖泊在一个琴键的触及之下，时不时开始讲出一句话，而那句话迅速变成了完整的交谈。

在冬季，湖泊找到了一个嗓音。此时，那厚达30厘米的巨大的白色冰层，犹如电话中的一个巨大磁盘，将听筒和传输器合二为一，发送和接收大地与空间之间的各种信息。在夏天，这些信息同样可以通过，那时只有器械被如此地调音，我们有限的耳朵才可能不会察觉到它们的存在，因为在夏天，湖泊的表面正如在冬天一样，拥有水的磁盘，但那是一种精巧得更薄、更出色的磁盘。

今天，我踏上这一年的第一次独木舟之旅，环绕湖泊边缘，来临的春天下达了急切的命令，开启了大约15米的清澈的水域，于是我情不自禁地注意到这种更薄的磁盘。西风敏锐而又轻盈地吹拂，把冰块推挤在一起，吹向东岸，在西北部那阳光明媚的浅水处，给我留下了一条自由的通道，那里没有涟漪的搅扰，显得很平静。船桨的每一次划动，都把一滴滴水抛洒在水面，而水滴犹如钻石，在暖洋洋的阳光下不断闪耀，却始终徒劳地尝试重聚到它们同族的水域中。这种无形的障碍将它们托起，它们四处滚动，没有将其打湿，这样的情形好像它们位于一块平滑的金属圆盘上面，尽管它们最终消失在那圆盘里面，它们也如此行动。犹如水珠，那圆盘也由水分子构成，然而事实上，这些水珠就歇息在它们的同伴的顶峰之上，在它们与空气之间，似乎改变自己的特性，给了自己一种无法贯穿的特性。

正是这种水上之水的圆盘，托起了夏天的水面迈步者——那些在水面到处蹦跳的昆虫，它们身体瘦削而外表凶猛，把长长的腿尖凹进水面，却从不会将其打湿。其中有一种大型陆生黑色蜘蛛，夏天就生活在水边，尽管其身体粗糙而沉重，却可以在水面上自由自在地奔跑，就像在干燥的沙滩上驰骋、跳跃一样，既不会掉进水里，也不会把自己的脚打湿。

在这片具有弹性的水面上，当我看见那些水面迈步者的脚留下银色涟漪，注意到这种陆生蜘蛛在越过一个小水湾而驰骋的时候，对于我的眼睛，湖泊在夏天的电话听筒和传输器的磁盘就变得真实了。在这里，那些生活在水下的鱼类——鲻鱼（mullet）、鳊鱼（bream）和鲈鱼（perch），在夏天都很可能理解这些信息，从而预先知道来临的天气将会怎样。要不然情况就是这样的：在那么多年里，那临近的雷暴发出的隆隆声到来之前，阻止它们进食、打搅它们的东西又是什么呢？如果这就是那些掠过的信息的主题，也许这样，它们就得知了宇宙中发生的其他事情，尽管我无法确定这一点，因为我所能截取的信息如此，始终提到了正在临近的气象条件。

仅仅在冬天，在冰层冻结到了大约 30 厘米厚之后，这些信息才会传递到我的耳朵里面，它们都来自陌生未知的空间。有时候，为了记录它们，你需要非常接近那个听筒，竖起耳朵静静谛听。一个方圆约为 1.6 平方公里、30 厘米厚的电话磁盘，不可能进行窃窃私语，然而，它常常咕哝出一两句嘶哑的话，那音调如此深沉，以至于你几乎不会知道它被说了出来。与这个音调相比，钢琴上最低的音符也只能是尖叫，只有在耳朵距离冰一两米的范围之内，才能听见。然而在其他时候，冬天湖泊上的冰层会惊叹、咆哮、吼叫、鞭笞，仿佛疯人院的疯人都被释放出来，聚在一起弹冠庆祝盖伊·福克斯[①]（Guy Fawkes）的日子。在一个寂静的冬日傍晚，大约在 1.6 公里之外，你就可以听到这样的信息，并且产生惊慌感，因为那呻吟和吼叫并不是现今的怪物发出来的，尽管它们可能是上古时期的战役留下的回音，长久被阻塞在大地内部，如今才初次被释放了出来，你也会感到有些惊异。

我的科学家朋友告诉我，这一切当然都很简单，这是由于冰层开始扩展或收缩引起的振动所导致的，要不就是由一部分冰开始扩展或收缩，从而引发大裂缝到处蔓延所导致的，这样的情况仅仅意味着气温在持续变化。

---

① 英国旧教激进人士，曾密谋在 1605 年 11 月 5 日英国国会开议日，以火药炸死英国国王詹姆士一世。

情况真的是那样吗？或者，如果真的是那样，那么那就是它所意味着的一切？不久前，在一个春天般美丽的早晨，在太阳升起两个小时或更久之后，我越过了湖泊。当时，那个听筒中并没有传来任何嗓音，只有渔夫在冰层上凿洞、安置捕捉小梭鱼（pickerel）的罗网所发出的那种柔和的敲击声，天空中也没有一丝云彩。一个小时后，一场温暖的大风就吹了过来，裹挟着柔和的薄雾朝南方蔓延，铺展到地平线上，仿佛湖泊在一个琴键的触及之下，时不时开始讲出一句话，而那句话迅速变成了完整的交谈。我伫立在附近的山顶上，在那里，我仿佛拉了一条电话线，两个巨人在那条线上进行热切的交谈，但谈话内容很难让人听清。交谈中，有提问和回答，有质疑、打断和重复，还有从低沉的嗓音到大叫的声调变化，总之形形色色，不一而足。

如此滑稽的情况仿佛就像一个同城居民，只要音调的调整继续发生变化，他就会因为电话总机而苦恼，但是，那妨碍人类的声调中有一种感受，你只是不得不闭着眼睛去仔细聆听，以便了解这里说出了大自然的原始力量。在海上大风的嗓音中，你也可能会听见同样的感受。我指的并不是那些纠缠在索具中的风的尖叫，甚至也不是那些水域的叫喊，我指的是上层气流不断冒出的低音，它们在头顶上的高空怒嚎而过之际，会相互咆哮、大叫。一个阿拉伯人可能会说这是恶魔发出的嗓音，穿过空气传递到埃塞俄比亚王国。因此，即便是在那个春天般的早晨，在明媚的阳光下，这些冬天之冰所发出的庄严的嗓音，似乎也具有超人的信息的回音，从一个深处传递到另一个深处。

在那个时候，我对气温变化的原因进行了归纳：那是早晨的阳光洒在厚厚的冰层上，从而带来的温暖所引发的。然而，太阳在照耀了一两个小时之后，喧嚣就开始了，但在半个小时之内又停了下来。那个夜晚，南风吹来，一场温暖的暴雨也从天而降。

在我们新英格兰冬季天气的变迁中，柔和的雨和强劲的南风都会来临。然后，风从西北方强劲地吹来，晴朗的天空和低气温会盛行数日，将以往被软化的冰焊接成一种富于弹性、如同回火钢一样引发共鸣的表面。然后，一个寂静、温暖的日子就来临了，如同在前一天，在那春天般的天空下，我们在这一天的气温同样会升高。然而，湖泊从来没有发出一句话——我这双聆听的耳朵听得见的词语。在这里，环境如同在其他传送信息的时段一样，而湖泊却并没说出一句话。即便那预示着另一场充满天空的南风带来的柔和的薄雾，也显然只需要在电话线另一端的那个嗓音。到了傍晚，我才听见第一次呼叫，紧接着便是一阵巨大的喧嚣，使得人们在800米或者更远之处的房子里都能听见。于是我立即看着温度计，但很多个小时，气温都不曾改变过一摄氏度。然而在这里，原始的力量来回互通电话，发出的吵闹声很清晰，响彻云霄。无疑，在苍天的波浪上面的某处，电话线交叉而过，否则原始的力量本身会表现出不那么高兴的情绪。

在它们的咆哮中，我似乎听见了某些熟悉的话语，更加远离传输器的警告，要陌生人离开那条电话线的请求，以及流行在电话亭里通话时展现的其他小礼节、小礼貌，因此，它们坚持了半小时。在夜里聆听，而且想知道四周究竟是什么东西，这一切都非常可怕，令人心怀忐忑、不安，展现出超人的特征。最终，仿佛一个巨人或另一个巨人发出“砰”的一声巨响，就挂上了听筒，除了另一个巨人的咕哝——用极为深沉的音符咕哝着，其他一切则都听不见。

在早晨来临之前，一阵狂野的大风从南方吹来，大雨也随之倾盆而下，我们显然处于一场冬季飓风的外部边缘，这场飓风远远地侵入海岸，深入内陆，也许远及南塔克特岛[①]（Nantucket），那时湖泊就开始谈论这场飓风。不，我并不认为气温变化与此会有多大的关系。我对那位科学家的解释是，这些噪音随着大气压力的下降而开始，在暴风雨来临之前，气压计就从低处攀升起来。从冰层中相当突然地解除压力，自然会导致囚禁在冰层下的溶液中的所有空气上涌，寻找逃脱的机会。难怪，它会带着肚子里所有的风而开始呻吟、叫喊。

但私下来讲，我也并不那么确定。今天我们拥有那么多作为必然结果的理论，那么多明确的知识，以至于明天都不足为信并遭到抛弃，从而让我们探索另一种理论，因此就像很容易相信自己偷听了巨人之间的电话交谈。在那个特殊的夜晚，它就像大力神赫拉克勒斯的手臂下面夹着冥府守门狗，从地狱一路走上来，

---

①位于美国马萨诸塞州东南的海上。

有点渴望过度，以免在他抵达天堂之际，众神尚未能为他准备好连续猛捣那只恶犬——但那当然都是异教的神话。不管怎样，那都是一种巨大的喧嚣。尽管在任何其他地方，我从来不曾碰巧听见这样的大声喧嚷，我也想象冬天的冰层在其他湖泊上发出了同样的吵嚷。

今天，尽管你能看见冰层曾经在哪里发挥过作用，但在我所在的湖泊这一边，冰层却足以安静。由于它把西风当作了队友，它就在东岸上挖掘泥淖、依次渐变。这就是厚厚的冰层在冬季的日常工作。它会捡起沙滩上的大石头，将其带往深水之中，或者以自己认为合适的方式，在岸边将那些石头搬上搬下。但是，它始终在低岸上将沙子、砾石和石头都推回去，将它们稳定地构筑起来，直到你在水边和岸上更远的土坡之间，发现那些宽宽的、浅浅的垄脊。我所在的这个湖泊还很年轻，年龄几乎还不到 75 岁，但它显现出了冰层一直在岸边从事这种劳动的显著证据。有时，在接近春天的时候，冰层很厚、风很强劲，沿着边缘有流水出现的倾向，你可以站在一边，看见这种挖掘的效果在发挥作用，看见那低矮、长长的沙砾堆或沙子堆滑到后面的沙滩上，与此同时，浮冰边缘开始皱裂、碾压、崩溃，但这样的情况依然在不可抗拒地进行着。

在那也许存在了 10 万年的本卡蓬湖上面，这种长期以来推动冰块的劳作，在不同的层面上发挥作用，形成了几乎让人难以置信的土堆和堤坝。此外，这些结果都被置于如此的情形中，以至于可以显而易见地理解，在那段漫长的时光中，水域在很大程度上比现在要高出一两米。在我最初熟悉这些垄脊的时候，我还误认为它们是现代人、早期的农夫所筑起的堤坝，也许他们出于某种神秘的原因，给湖泊建起了这样的人造堤，因为他们用来环绕自己土地的那些石头围栏至今依然存在，这就自然而然为我提供了联想。今天没有人会这样干，无论一个农夫有多么大的热情，他也不会在土地与土地之间建造这些巨大的障碍物。然而，即便是那些石墙近在眼前，也让人难以相信人们会沿着湖岸建造堤坝，其平均宽约 30 米，而且在某些地方还更宽。其实，要构筑一道 3 米的堤岸就完全可以了，因此眼下的情况让人难以相信：人们真的愿意把那么多的劳动荒废在这上面？然而，在本卡蓬湖沿岸，有一个地方就是一道障碍物，其高达数米，构筑得很宽阔，不是由沙子，而是由这个地区粗糙的板岩所构成的，那些板岩被松散地抛掷在一起，形成了粗糙而巨大的阻碍物，缝隙间还填塞着泥土。这个障碍物要比任何围绕土地的石墙要宽大得多，因此，它不可能是由现代农夫建成的，当我发现它的时候，我还愉快地梦想过筑墩者[1]（mound builder）——一个史前种族，他们可能先于印第安人来到这里，占有了这片土地，并按照自己的意愿建造了这些湖泊堤岸。

我的科学家朋友再次反对我提出的这种梦想理论，他提出了恰当的论据，他对于自己的说法很自信。尽管如此，我还是自以为是，不改初衷，依然相信史前的人类筑墩者的理论，也同样相信巨型

① 北美五大湖地区的史前人类。

河狸所干的杰作的可能性——根据阿尔冈昆印第安人（Algonquin）的传说，那种巨型河狸从一个湖泊的底部挖掘起了泥巴，用其创造了世界。

请注意，我相当确信的是，正是冰在这个水库的岸上发挥这样的作用，然而本卡蓬湖——这个足够遥远而无法置身于传奇之地的湖泊，各种奇妙的事物可能已经在它的岸上发生了。

无论冰发挥的作用是什么，这个冬天的冰都几乎完成了自己的工作。在12月初，它那晶体的结构是蕨类植物的结构，平躺着，相互交织、纠缠着，使其强劲而又富于弹性。这些东西的所有外表都消失殆尽，只留下一个松弛的黏附的结构，犹如北爱尔兰的巨人堤道[①]（Giant's Causeway），以不规则的垂直圆柱构筑而成，而那些圆柱则并排着拥挤在一起。这些东西之间完全是湿气，如果气温降至零摄氏度以下，那么湿气就会将它们牢牢地黏接在一起，在其表面上行走就很安全。此时，冰层依然厚达30厘米，然而让春天温暖的太阳出来照耀在它们上面，这种粘合剂就会渐渐软化，那原本看起来基础很坚固的东西，就会在你的脚下开始崩溃、失效。今天，这种分解过程一直沿着湖岸在进行，在这些冰柱相互滑离、平躺之际，你能听见它们发出的微微渗透而出的天鹅临终之歌，在开阔的水域中形成碎冰，而在那片水域中，它们很快就融化、

① 位于北爱尔兰贝尔法斯特西北约80公里处大西洋海岸，由约4万根六角形石柱组成了8公里海岸。

消失了。就这样，冰等待春天的命令。很快，有一天它仿佛会随着一句话而土崩瓦解，消失得无影无踪，通过那个标志，我们就会知道冬天真的离开了，我们将在一种令人愉快的光亮中四处走动，聆听春天传来的第一声蛙鸣。

诗人译者 | 董继平

译著年表

诗集　1991 年《奥克塔维奥·帕斯诗选》

1995 年《四季的枫叶：多伦多诗选》

1998 年《纸上幻境：布洛克诗选》

1998 年《秋天奏鸣曲：特拉克尔诗集》

1998 年《从两个世界爱一个女人：勃莱诗选》

1998 年《时间与水：二十世纪冰岛诗选》

1998 年《玫瑰祭坛：索德格朗诗全集》

2002 年《安东尼奥·马查多诗选》

2002 年《伊凡·哥尔诗选》

2003 年《索德格朗诗全集》

2003 年《W·S·默温诗选》

2003 年《托马斯·特兰斯特罗默诗选》

2003 年《阿蒂拉·尤若夫诗选》

2003 年《二十世纪冰岛诗选》

2004 年《卡瓦菲诗歌精选》

2004 年《洛尔迦诗歌精选》

2011 年《特兰斯特罗默诗选》

2012 年《欧美诗歌典藏丛书》（共 5 卷）

随笔　2005 年《清新的野外》

2015 年《自然札记》

2015 年《鸟的故事》

2015 年《猎熊记》

2015 年《秋色》

2018 年《探访大灰熊》

2018 年《荒野漫游记》

2018 年《动物奇谭录》

2018 年《追寻野蜂蜜》

2020 年《林地小道》

2020 年《荒野牧草地》

2020 年《林间漫游记》

2020 年《野林之路》

小说　　2017 年《了不起的盖茨比》

自然物语丛书(第一辑)

这个世界的启示在荒野

无论你是在山林、湖畔、路边，还是在人类可以前往的所有荒野，都可以用约翰·巴勒斯的观察方式来探究自然。

——《自然札记》

鸟类世界与人类世界惊人地相似，充满了战争与爱情、欢乐与悲哀。

——《鸟的故事》

自然物语丛书（第一辑）

这个世界的启示在荒野

梭罗从季节的变迁、泥土的气味、种子的成长与果实的成熟中，捧出这些朴素然而闪光的文字。

——《秋色》

出人意料的是，一个政治家以优美的文笔描述了危机四伏的野外狩猎生活。

——《猎熊记》

自然物语丛书（第二辑）

每一个生命都值得敬畏

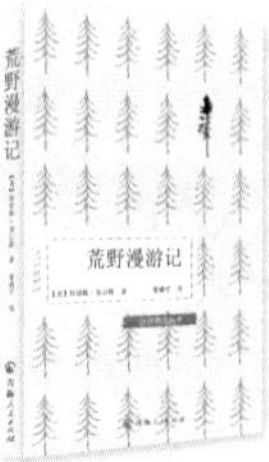

这是美国博物学家、著名自然文学作家、“落基山公园之父”埃诺斯·米尔斯作品在中国的首译。
——《荒野漫游记》

本书叙述了作者在山野间漫游时对北美最大的陆地野生动物——大灰熊进行探索的种种经历和真实奇遇。
——《探访大灰熊》

自然物语丛书（第二辑）

每一个生命都值得敬畏

地球上的一切生物都绝非呆若木鸡，造物主为自己可爱的小动物创造了一个个奇迹。

——《动物奇谭录》

当人们被困在水泥格子中大口喘息时，这样一本佳作却给我们带来了绿色的呼吸。

——《追寻野蜂蜜》

自然物语丛书(第三辑)

世界将自身缩小为一滴露水

我听到了堤坝上的水潺潺流淌的哼唱，听到了下面溪流的絮语，一只歌带鹀清晰、圆润、兴奋的嗓音，恰好穿过这些声音而传递过来。

——《林地小道》

穿过牧草地，香气从美洲葡萄的花朵上飘送而来。我只知道，它让我梦想到潘神在世界的早晨吹奏的笛管。

——《荒野牧草地》

自然物语丛书(第三辑)

世界将自身缩小为一滴露水

秋天,树叶开始飘落,从枝头飘向它们泥土中的家。地面上,风吹得落叶沙沙作响,仿佛是在演奏死亡进行曲。

——《林间漫游记》

北方飘来的雪把树林装扮得洁白,犹如神秘的世界,充满了形形色色的建筑,宛若仙境。

——《野林之路》